# LA RONDE DES ÂGES

# MADELEINE CHAPSAL

# La Ronde des âges

ROMAN

FAYARD

*À Michèle de Rouffignac
si présente dans la ronde
de mes précieuses amitiés*

En juillet, la Saintonge, cette terre au nord de l'Aquitaine, si embrumée quand elle n'est pas inondée l'hiver, exulte sous le soleil. Elle quitte ses allures fantomatiques pour se retrouver sèche, fortement dessinée par la lumière océane.

Ses multiples églises romanes, joyaux de pierre sculptée surgis au tournant de chaque route ou chemin, dominant quelques maisons basses chapeautées de tuiles rondes, prennent de saisissants reflets dorés.

Même les cimetières, le plus souvent installés en plein champ, leurs tombes plates ombragées de platanes – l'arbre favori du Sud-Ouest –, avec ci et là le doigt levé d'un cyprès qui paraît indiquer le ciel à cette mixture de catholiques et de protestants, semblent des lieux plus doux, plus paisibles, plus sereins qu'ailleurs.

Sous ses lourds voiles de crêpe noir endossés en hommage au disparu, mais aussi pour se protéger du plein midi, Camille Dessignes ne peut s'empêcher de s'en faire la réflexion : la Charente, pays d'origine de feu son mari, possède un charme qu'elle ne soupçonnait pas jusqu'à ce qu'elle vienne l'enterrer, à sa demande, dans le cimetière où reposent ses ancêtres.

De son vivant, Jean-Philippe Dessignes n'évoquait jamais le pays de son enfance. À l'entendre, il n'y avait laissé que de mauvais souvenirs, un beau-père brutal, une mère indifférente trop entichée de son second époux. Même en compagnie de Camille, sa jeune femme, il n'avait jamais voulu y retourner.

Il a fallu sa mort, après une interminable maladie, et son inhumation dans le caveau de la famille Dessignes pour que Camille se rende dans le pays où était né son époux.

Quand Jean-Philippe Dessignes voulait voyager ou prendre des vacances, il entraînait d'office sa jeune femme aux Caraïbes, en Égypte, au Yémen, à Bali, en Afrique du Sud, n'importe où pourvu que ce fût hors de France.

« C'est drôle, se dit Camille en jetant à travers ses lunettes, aussi noires que ses voiles funèbres, un coup d'œil vers le dôme de pierres plates du lointain clocher dont le bourdon sonne le glas, j'ai vu le monde entier et j'ignorais tout de la Saintonge ! »

Les rares personnes venues jusqu'au cimetière accompagner le corbillard achèvent de défiler en lui soufflant à l'oreille : « Condoléances » ou « J'ai bien connu la famille Dessignes ». Et certains vieux : « Je me rappelle le petit Jean-Philippe, il était si mignon, je ne l'avais pas revu ! »

Ces gens au visage avenant lui sont tous inconnus. Jean-Philippe Dessignes n'avait plus de famille, pas même un cousin éloigné, et Camille n'a pas voulu déranger leurs amis parisiens en les obligeant à un déplacement de plus de cinq cents kilomètres. Les faire-part et les notices nécrologiques à paraître le lendemain dans *Le Figaro* indiqueront que la cérémonie d'inhumation a eu lieu dans la plus stricte intimité.

Camille pensait d'ailleurs se retrouver seule avec le curé, sans la solidarité spontanée – ou la curiosité ? – des gens du village.

Soudain, un bras se glisse sous le sien et une voix percutante lui jette :

– Bon, ça suffit comme ça ! Je t'embarque !

Camille a un haut-le-corps de surprise.

– Viviane ! Que fais-tu là ?

– Je suis venue te chercher...

– Mais comment savais-tu que je serais ici ?

– Je croyais t'avoir dit que je m'étais acheté une baraque dans la région. J'y prends mes quartiers d'été. Quand j'ai appris par la chronique locale qu'on enterrait un Dessignes, je me suis dit que c'était peut-être le tien, et j'ai joué ma chance !

– Ta chance... de quoi ? s'étonne Camille, relevant son voile sur ses beaux yeux verts frangés de noir pour suivre Viviane qui la tire par le bras.

– D'échapper à mon cuisinier et à mon régime maison – j'ai cinq kilos à perdre – et de faire un vrai déjeuner ! Je t'emmène, j'ai retenu au restaurant !

Région de vignes et de mer, la Saintonge cultive une gastronomie raffinée qui à l'avantage de la fraîcheur des fruits de mer joint une viande de qualité, pas trop grasse, un beurre incomparable – le meilleur de France, lance-t-on à la barbe des Normands –, les grands crus du Bordelais proche, sans compter ce nectar qui enrichit la région : le cognac.

Viviane fait monter Camille dans sa limousine blanche conduite par un chauffeur en livrée, et, tandis que le corbillard, maintenant vide, regagne le bourg, suivi du curé quelque peu abasourdi par le flamboyant départ de la nouvelle veuve, la longue voiture prend la direction opposée.

– Allez, ôte-moi ça ! dit Viviane, une fois qu'elles sont installées dans le fond capitonné de la voiture de luxe, et elle débarrasse elle-même Camille de son chapeau et de son voile noirs.

D'un doigt expert – Viviane est créatrice de mode –, elle entreprend ensuite de déboutonner le corsage de Camille, puis, ôtant de son cou quelques chaînes et quelques sautoirs de perles, les passe à celui de son amie.

Camille ébouriffe à dix doigts ses cheveux blonds coupés très court ; avec ses yeux d'eau, c'est une autre femme ! Ravissante.

– Voilà qui est mieux, fait Viviane. Tu sais que j'ai failli ne pas te reconnaître ? Tu avais l'air d'une vraie veuve...

– Mais je suis une vraie veuve !

– Tu ne vas pas me faire croire que tu n'en avais

pas assez de soigner ton vieux mari... Ne mens pas !
Tout ce que je peux te dire, c'est que moi, à ta
place, j'aurais même « poussé » pour que ça aille
plus vite... Être malade plus de trois mois, quand
on est le mari d'une jolie femme comme toi, c'est
indécent !

Camille sourit sans rien dire. Cette brutalité en
quelque sorte revigorante, c'est tout Viviane !

À bientôt soixante ans, cette femme de tête, bien
qu'un peu enrobée, a conservé une belle silhouette,
un visage fin, encore frais – quoique le « plissé »
en trahisse l'âge – qu'elle dissimule perpétuelle-
ment sous un chapeau plat à larges bords. Les mauvaises langues la disent à moitié chauve. Il est vrai
qu'une jugulaire, par temps de grand vent, ou un
élastique, à la maison, font que personne, hormis sa
femme de chambre et son oreiller, ne peuvent se
vanter de l'avoir aperçue tête nue !

La créatrice, qui mène d'une main de fer sa fruc-
tueuse carrière de modéliste, est richissime, ce qui
lui permet d'entretenir autour d'elle, été comme
hiver, une cour amicale qui l'aide à éloigner ce
qu'elle redoute le plus au monde : la solitude ! Et
ce qui se cache derrière : la mort.

Leur table est retenue au *Soubise*, un restaurant
trois étoiles situé non loin de La Rochelle, où le
patron, après avoir fait des étincelles à Paris, est
venu jouir avec sa femme d'une existence plus tranquille. Mais non moins raffinée, si ce n'est plus.

– Il n'y a qu'en province qu'on sait encore ce

qu'est le vrai luxe, et je m'y connais ! décrète Viviane en dépliant sa serviette de table damassée ! C'est la simplicité d'antan...

À peine les deux femmes sont-elles assises, et avant même qu'on leur ait proposé la carte, une série de minuscules hors-d'œuvre – coquillages, légumes crus, petits toasts – est posée devant elles avec cérémonie.

C'est le chef lui-même qui vient, tel Vatel, leur parler de « sa » marée. Il faut dire qu'on a aperçu la limousine blanche garée dans la cour du restaurant. On sait aussi – flair de restaurateur – que des femmes aussi élégantes mangeront peu mais avec appréciation, et se ruineront en commandant un vin de prix – l'un des plus chers de la cave – auquel elles toucheront à peine... Ce qui rattrapera haut la main la congruité du menu sans dessert.

– Alors, dit Viviane quand elles en sont au café (sans sucre), que vas-tu faire ?

– Souffler avant de...

– Te remarier ?

Camille éclate de rire ; le haut-brion lui a redonné du rose aux joues, elle est éclatante et certains hommes, aux tables voisines, se retournent discrètement.

– Arrête, Viviane ! J'ai beaucoup de choses à mettre en ordre avant de songer à refaire ma vie...

– L'un n'empêche pas l'autre ! Je peux t'indiquer un bon comptable, le mien, et pendant qu'il besognera pour tes impôts, tu devrais faire une croisière. Te rends-tu compte des heures que tu viens de passer à jouer les gardes-malades ? Ce n'est pas ta vocation, que je sache ?

— Je dois beaucoup à Jean-Philippe...

— Il te laisse tant d'argent que ça ?

— Non... Enfin oui : il me laisse tout ce qu'il avait. Mais ce n'est pas ça : il m'a appris à vivre, c'est-à-dire à regarder...

— C'est tout ? Il faut aussi savoir toucher, et empoigner : tiens, comme ça !

Et Viviane, avec une dextérité de couturière, de froisser sa serviette blanche à deux mains, jusqu'à en faire une poupée !

— Je vais être crue, Camille : il faut que tu te remettes à coucher ! Je parie que tu ne t'es même pas envoyé le médecin ni l'infirmier...

— Viviane, arrête !

— Écoute, une femme ne peut pas, ne doit pas vivre sans compagnon, sinon elle se vide à porter elle-même ses valises !

— Tu n'es pas vidée, que je sache ? Pourtant, tu es seule, je ne me trompe pas ?

— Merci de me rappeler mes fautes...

— Tu n'es pas coupable ; tu n'avais pas le temps de t'occuper d'un homme en plus de tes robes !

— Mes erreurs, alors !

— Plutôt ton malheur, dit doucement Camille. Cela vient aussi de ce que tu n'as pas eu d'enfants...

— Et toi, pourquoi n'en as-tu pas ?

— Jean-Philippe n'en voulait pas. Il disait qu'il s'était senti trop mal avec ses parents quand il était petit, il les a détestés, n'a jamais voulu les revoir, et il se refusait à mettre au monde des êtres qui risquaient de le rejeter à son tour...

— En somme, il n'a aimé que toi. Quel fardeau !

— Quel cadeau ! J'avais le sentiment d'être nécessaire à quelqu'un.

— Pour lui administrer ses médicaments, oui, et essuyer sa mauvaise humeur ! Quelle idée, aussi, d'épouser un homme qui a vingt ans de plus que soi ! On se prépare forcément à une carrière d'infirmière. Tu dois être contente de te retrouver enfin libre !

— Libre pour quoi faire ?

— Pour aller vers la jeunesse... Je n'aime que la jeunesse ! Sa compagnie vaut toutes les chirurgies esthétiques... D'autant qu'aujourd'hui, rester jeune est un devoir, quand on en a les moyens !

Viviane sort de son sac un long fume-cigarette d'ambre, l'emplit, l'agite, et un jeune et beau serveur qu'elle n'avait pas manqué de remarquer se précipite, du feu à la main.

— N'est-il pas charmant ? dit Viviane dès que le garçon a eu tourné le dos. On dirait un Modigliani.

— Je ne l'ai pas regardé, avoue Camille.

— Attends de voir l'escadron que j'ai à la maison. Parce que tu vas demeurer chez moi, le temps de te remettre !

Viviane pose une main endiamantée sur le bras de Camille.

— Tu es toute pâlotte malgré tes joues roses, tu n'as pas dû voir souvent le soleil, ces derniers temps...

– Mais je comptais repartir ce soir pour Paris !
Je n'ai aucun bagage !

– Chez moi, il y a tout ce dont une femme peut
avoir besoin. Le nécessaire et ce qui est encore plus
indispensable : le superflu ! Allez, on regagne mon
campement !

Ce que Viviane appelle son « campement » ou sa « vieille baraque » est l'un de ces ravissants manoirs qui abondent en Saintonge, beau vocable qui rime avec « songe ». Si la façade, les boiseries, les carrelages, les cheminées, les plafonds sont d'époque, la demeure est équipée d'une façon moderne et parfaitement confortable. Une dizaine de chambres sont à la disposition des invités, chacune avec sa salle de bains, de vastes armoires, des placards, des commodes regorgeant de tenues diverses et de produits de beauté.

Pour loger son indispensable et permanente compagnie, composée de top-modèles des deux sexes, de célébrités, de décorateurs, voire de ses clientes préférées escortées parfois de leurs compagnons attitrés ou d'occasion, la couturière ne lésine pas : quatre domestiques plus un jardinier assurent un service de tous les instants.

Camille s'étonne :

– Quelle merveille, un vrai bijou ! Mais qu'as-tu fait de ton autre maison ?

– Mon petit pied-à-terre de Paris ?

— Mais non, ta bastide de Saint-Tropez ?

— Vendue : la presqu'île est devenue un repaire pour touristes où se terrent quelques nostalgiques derrière de hauts murs hérissés de miradors et gardés par des meutes de chiens...

— N'avais-tu pas aussi quelque chose dans le Lubéron ?

— Ah, ma bergerie ! Vendue elle aussi... Trop sec, l'été. Mauvais pour le teint. On est mieux ici ! Derrière le potager d'où proviennent tous nos légumes et la plupart des fruits, je viens de faire construire une piscine, plus deux tennis. Si tu préfères monter à cheval, en attendant que je fasse bâtir une écurie, nous sommes ici à quelques kilomètres d'un ranch... Et pour ceux qui tiennent à tout prix à la plage, la mer n'est pas loin. Moi, je n'y vais jamais : me mettre en maillot me déprime, et puis j'ai du travail ! Ma collection d'automne à préparer... Mais, si ça te tente, tu n'as qu'à prendre une voiture dans le garage. Il y en a à la disposition de mes hôtes... Le dîner est à vingt heures trente.

Avant de quitter la vaste chambre tapissée d'une toile de Jouy jaune où elle a installé Camille, Viviane ouvre grand une penderie où se trouve suspendue toute une garde-robe d'été, tenues du soir y compris.

— Fais-toi belle...

— Pour qui ?

— Pour moi, déjà, et surtout pour toi ! La lingerie et les maillots sont dans la commode. S'il te manque quelque chose, Éliane, la femme de chambre, te le fournira : la sonnette pour l'appeler est près de ton lit... Tu as le téléphone – une ligne individuelle –, la radio, la télé, et les derniers best-sellers sur la petite table à écrire. Des Compact Disc, aussi...

– Les hôtels cinq étoiles ne sont que de vulgaires auberges, comparés à ce que tu m'offres ici...

– Rien de spécial : uniquement ce qu'il me faut, à moi, pour me sentir bien ! C'est dans cet esprit que je crée mes robes : en fonction de ce que j'aime porter... C'est de l'égoïsme élargi à autrui !

– Pratiqué par toi, Viviane, l'égoïsme devient une vertu, et même un art !

Seule dans sa chambre, Camille va droit au miroir pour s'y contempler comme elle ne s'en est pas souciée depuis des mois. Absorbée par les soins à prodiguer à Jean-Philippe et souffrant avec lui, au jour le jour, des progrès de son mal, elle n'avait aucune envie de s'occuper d'elle-même ni de se mettre en valeur... Pour charmer qui ? Jean-Philippe n'ouvrait qu'un bref instant les yeux lorsqu'elle se penchait sur son lit.

Une grande glace en pied placée entre deux fenêtres reflète en plein éclairage ceux qui s'en approchent. De loin, Camille constate qu'elle n'a pas grossi, mais minci, au contraire : elle a si peu mangé, ces dernières semaines. Mais, lorsqu'elle se colle au miroir pour s'examiner de près, elle aperçoit quelques rides qui se sont formées au coin des yeux, le long du nez et aussi sur le front. Elle lisse son visage à deux mains, tire sur la peau de son cou, puis hausse les épaules. L'âge a commencé de la marquer, juste assez pour lui rappeler qu'elle va sur ses cinquante ans, que la jeunesse a la vie courte et qu'elle a déjà vécu, auprès de Jean-Philippe, une partie de la sienne.

Mais elle a encore les moyens de séduire, surtout si elle fait en sorte de se plaire à elle-même. De fait, Camille a soudain envie de « se faire belle », comme l'y a incitée Viviane. Laquelle s'est donné pour métier de rendre les femmes plus conscientes de leurs atouts et de leur pouvoir. En commençant par elle-même, la toujours superbe Vanderelle !

Après s'être extirpée de son triste tailleur de deuil, Camille demeure longtemps sous la douche où elle lave ses cheveux courts avec un shampoing végétal à la marjolaine, puis, enfouie dans un ample peignoir blanc aux initiales de Viviane, elle ouvre l'armoire aux robes. C'est un arc-en-ciel de couleurs, un déploiement de matières plus ou moins légères : mousselines, soies, toiles fines, taffetas brodés, des tenues de toutes les formes et longueurs... Un pyjama du soir finit par retenir son attention, très « fatal » en crêpe noir à petits motifs imprimés rose et blanc. Camille le décroche de son cintre, dispose le vêtement devant elle et, pour juger de son effet, va se contempler dans la glace en pied.

Par les deux fenêtres grandes ouvertes, des voix montent jusqu'à elle :

— Enfin, te voilà ! s'exclame celle de Viviane. Je croyais que tu ne viendrais jamais !

— Il fallait que je m'arrange pour laisser mon service en bonnes mains, mais ça y est, et j'ai interdit qu'on me téléphone : je suis tout à toi !

— Je ne te lâcherai pas avant le 15 août ! Tu as besoin de te retaper, mon cher prof !

Camille, curieuse, se penche à la fenêtre.

À peine grisonnant aux tempes, un bel homme vient de sortir d'une voiture très « sport » que le jardinier, après en avoir retiré des valises en cuir, s'apprête à rentrer au garage.

Le nouvel arrivant escalade les marches d'un pas de jeune homme, se penche sur la main de Viviane, puis la serre dans ses bras tout en contemplant la maison et ses alentours :

— C'est cette merveille que tu appelles ta vieille baraque ?

— Elle n'a qu'un siècle ou deux de plus que moi, tu ne vas pas dire que tu trouves ça jeune !

— Tu n'as même pas l'âge d'être ma mère, alors tais-toi et devenons gâteux ensemble ! Dans ta petite chaumière...

François Maureuil lève les yeux vers le haut de la belle façade et, ce faisant, aperçoit Camille qui contemple la scène par sa fenêtre du premier étage. Un instant, son visage se fige, puis il sourit :

— Bonjour, madame, dit-il en saluant courtoisement.

Viviane, qui a suivi son regard, s'empare du bras de François pour s'adresser à Camille :

— Je te présente François Maureuil, le célèbre professeur en chirurgie... Mon amie Camille Dessignes, dit-elle à François qu'elle entraîne sur le perron pour pénétrer dans la maison. Cette jeune femme vient d'enterrer son mari, un vieil emmerdeur. Il va falloir que je m'occupe de la distraire.

Mais j'ai tout ce qu'il faut pour elle ici. Et pour toi aussi, par le fait.

— Une chose est certaine, dit François Maureuil, devenu songeur, avec toi on ne manque jamais de rien ! Surtout pas d'imprévu !

L'imprévu qui préoccupe François Maureuil peut prendre tous les visages : celui d'une soudaine surprise, d'une rencontre inattendue aussi bien que d'un accident, tous événements qui surviennent pour bouleverser la vie. Ou alors c'est le passé qu'on croyait rayé, auquel on ne songeait plus jamais, oublié ou refoulé, qui soudain ressuscite et se dresse comme un spectre devant vous.

Confrontée elle aussi à l'imprévisible, Camille décide de préparer son entrée en scène auprès de François Maureuil qu'elle vient de reconnaître du haut de sa fenêtre. Elle retourne dans sa salle de bains et s'active à se rendre éclatante.

Ce que n'avaient pu déclencher les paroles de Viviane, la seule vue de cet homme y est parvenue : elle veut maintenant sortir de son deuil.

Rejetant le pyjama de crêpe noir, jugé par trop discret, elle tire de la penderie une tenue en lin rouge ourlée de sequins d'or, y adjoint des sandales à lanières dorées, brosse et gomine en hauteur ses cheveux courts, se maquille les yeux, mais pas la bouche, et, après avoir ajusté une paire de ces longues boucles d'oreilles qui tombent jusqu'aux épaules, elle se sent prête à affronter les plus incisifs regards.

C'est au bas du vaste escalier de pierre, debout dans le hall du manoir, que François Maureuil l'attend. Lui aussi a peaufiné sa tenue : pantalon d'été, polo, foulard de soie, il paraît moins que ses quarante-sept ans. Peut-être est-ce dû à son sourire large, joyeux, presque tendre.

— Camille, comment ai-je fait pour ne jamais te rencontrer depuis vingt ans ? Et comment as-tu fait pour embellir autant ?

— Je suivais mon mari qui voyageait sans cesse hors de France, et puis il est tombé malade et je me suis consacrée à lui jusqu'à la fin. Je viens de l'enterrer dans un petit cimetière d'ici où Viviane est venue me chercher. Voilà pourquoi je me retrouve dans ce lieu enchanteur, alors que je ne suis veuve que depuis quatre jours... Et toi, où en es-tu ? Marié ?

— Tu m'as guéri à tout jamais des engagements. En fait, je me suis marié avec la médecine... C'est ta faute : me lâcher du jour au lendemain, sans véritable explication — est-ce que tu te rends compte des dégâts que ça a pu provoquer chez moi ?

Camille s'apprête à tenter de se justifier, quand surgit une très jeune femme vêtue de blanc, une raquette sous le bras.

— François, qu'est-ce que tu fais ? Mais tu n'es même pas en tenue !

– Excuse-moi, j'en ai pour un instant, j'arrive...
Camille, je te présente Lætitia, je lui ai promis de
lui servir de partenaire sur le court, je dois y aller.
À plus tard...

Les deux femmes restent seules.

– Vous connaissez François ? interroge Lætitia.

– Autrefois, répond Camille, nous nous...

À cet instant, Viviane, toute en gris sous un large
chapeau de toile noire, pénètre dans le hall, son
long fume-cigarette à la main, suivie d'une bande
de jeunes gens, garçons et filles, dont certains en
maillot.

– Qui m'aime me suive à la piscine ! Ah, que je
te présente : Camille, voici mes boys et mes girls !
dit Viviane en désignant d'un large geste la petite
troupe qui l'escorte, trois jeunes gens et deux jeunes
filles.

– Et moi, je fais partie de quoi ? s'indigne un
homme plus âgé en pantalon de flanelle et chemise
ouverte, un peu maniéré, le visage comme poudré
sous ses cheveux blancs.

– Toi, tu es le conseiller de mes menus plaisirs...
Camille, voici Hugues, célèbre expert en anti-
quités... Elle rit : C'est pour ça qu'il m'adore !

– Viviane, je t'ai toujours dit que tu étais une
faussaire, tu es d'une époque bien plus récente que
tu ne le prétends...

– Je ne prétends rien du tout, c'est mon acte de
naissance qui s'en charge !

– Un faux, c'est moi qui te le dis, et je m'y
connais !

Tandis que les jeunes se précipitent vers le fond

du jardin où se trouve la piscine, Viviane prend Hugues par le bras :

– Tu ne te baignes pas ? Ah, c'est vrai, tu préfères le bord de la piscine à son bassin. Et toi, Camille, ça ne te dit rien ?

– Madame est comme moi, remarque Hugues en lui jetant un regard aigu. Elle préfère observer !

Camille est étonnée : l'homme serait-il particulièrement perspicace, ou son désir de rester à l'écart est-il aussi visible ?

Certes, Viviane est son amie, mais, jusqu'ici, refusant ses invitations si elles n'étaient pas pour un tête-à-tête, Camille a évité de se mêler au groupe trop vaste et disparate des connaissances de la couturière. Aujourd'hui, elle s'est en quelque sorte laissé piéger. Va-t-elle pouvoir le supporter ? Son isolement prolongé avec Jean-Philippe l'a rendue farouche et la gaieté un peu artificielle de ces gens qui, à tout âge, ont l'air de ne songer qu'au plaisir – comme si la vie se résumait à cela – la prend de court. En fait, la choque...

Cet homme, Hugues, a raison : elle va tâter le terrain pour voir si elle peut s'y faire ; si c'est non, elle partira...

Reste François. Revoir François Maureuil l'a troublée : c'était l'homme d'avant Jean-Philippe, dont celui-ci était d'ailleurs jaloux... Elle n'avait pas le droit d'en parler, ce qui fait qu'elle avait fini par ne même plus y songer. Et voilà que Jean-Philippe à peine disparu, François revient... Comme s'il avait su qu'elle se retrouvait libre, ce qui est impossible... Faut-il parler de hasard ou de ces forces occultes qui nous échappent et nous gouvernent ?

– Allez, Camille, suis-moi, tu te prendras un chapeau à la piscine, il y en a en pagaille, car le soleil est mauvais pour la peau. Je vais demander qu'on nous serve des jus de fruits pendant que les petits, eux, boiront la tasse...

La piscine en pierres de taille est très belle ; un petit bungalow, dos au soleil, permet à ceux qui fuient la lumière trop vive d'assister aux ébats des nageurs tout en se reposant sur des chaises longues rembourrées de coussins rayés rose et blanc. Charme incomparable du luxe bien maîtrisé !

Au loin, le bruit feutré d'un échange de balles de tennis, régulier puis interrompu comme un cœur qui, de temps à autre, saute un battement...

Le lendemain matin, quand Camille se réveille, le soleil de juillet est déjà haut dans le ciel, mais le silence de la maison indique que tout le monde dort encore. C'est sur la pointe des pieds qu'elle se lève, enfile une tenue de jogging en velours éponge et sort au jardin. Les oiseaux chantent ; les plantes et les fleurs, ravivées par la rosée, ont recouvré toute leur fraîcheur.

La jeune femme fait quelques pas en direction de la Charente dont un méandre borde la propriété.

– Camille ! lance une voix en provenance de la terrasse.

Elle se retourne : c'est François.

L'homme descend le perron, la rattrape :

– Tu es bien matinale !

– J'en ai pris l'habitude, avec mon malade.

– Moi, ce sont les miens qui me tiennent en alerte tôt matin ! J'ai un regret, en ce qui te concerne..., dit-il en se rapprochant d'elle et en lui prenant le bras.

Camille éprouve une certaine excitation – plaisir ? appréhension ? – à le sentir si proche d'elle. Va-t-il à nouveau lui reprocher ce qu'il appelle sa « fuite » ? Lui reparler de leur amour défunt ?

– Pourquoi as-tu renoncé à être comédienne... ? À force de m'interroger, j'ai imaginé que c'était la vraie raison pour laquelle tu m'avais lâché : est-ce que je me trompe ? Tu sais que tu avais un talent fou !

Camille se raidit. Ça n'est pas la déclaration qu'elle attendait.

– Mon mari n'a pas voulu...

– Je ne t'aurais pas cru capable de renoncer à ta vocation pour un homme... Tu m'avais convaincu du contraire !

– Toi aussi, tu as changé de cap. Et tu n'as même pas l'excuse d'y avoir été poussé par une femme, puisque tu ne t'es pas marié...

– Si je voulais être acteur, c'était pour suivre des cours d'art dramatique, et si je voulais les suivre, c'était parce que...

– François, tu viens ?

Lætitia, en tenue de jogging, une légère serviette autour du cou, les rejoint à petites foulées.

– Alors, assez dormi, le prof ? En forme pour un petit tour de parc ?

– Tout à fait...

François lève les mains en souriant, l'air de s'excuser, à l'intention de Camille.

– Vous venez courir avec nous ? propose Lætitia avec une certaine condescendance.

Camille secoue négativement la tête.

Quand François s'en revient, en short et baskets, elle les regarde partir vers les bois au coude à coude, puis rentre pensivement à la maison.


Pourquoi faut-il tant d'années pour commencer à donner un sens à son passé ? Et encore, qui dit qu'on ne commet pas de contresens ? À ses yeux, non, elle n'a pas « lâché » François, comme il le prétend, elle a simplement accepté la proposition qui lui était faite d'aller jouer dans un film en Croatie. À l'époque, encore sans portables, la communication avec la France n'était pas des plus faciles... François ne l'appelait pas et quand elle est revenue, trois mois plus tard, il avait quitté leur cours commun pour la faculté de médecine. Elle aurait pu tenter de le contacter, mais la rumeur le disait en couple avec l'une des plus ravissantes élèves du cours, laquelle avait renoncé elle aussi à la comédie, sans doute pour vivre avec lui, l'épouser... Un peu déçue, vexée même, Camille s'était dit qu'il avait trouvé son vrai bonheur, et qu'il était loin d'elle. Une petite aventure avec le réalisateur du film l'avait occupée un moment. Puis était survenu Jean-Philippe, plus âgé, follement épris, riche : en somme, la sécurité. Ses parents à elle venaient de mourir l'un après l'autre, elle était en manque d'affection, celle de Jean-Philippe, muée en passion, la rassurait... Adieu au théâtre, sauf à celui de la vie de tous les jours !

À présent, c'est une autre comédie qui débute, dont elle ne sait pas les règles ni qui en tire les ficelles. Marivaudage ou drame, elle ne peut encore le dire, mais la lumière de la Saintonge, qui a viré du rose au doré, semble ignorer les excès, ceux du corps comme ceux du cœur. Doit-elle s'y fier ?

À Tillac, les soirées se terminent plus que tard, à dire vrai à l'aube, aussi chacun se fait-il servir son petit déjeuner dans sa chambre, certains se contentant d'une tasse de thé bien fort ou d'un jus de fruits avec de l'aspirine. Ce n'est qu'à l'heure du déjeuner que les hôtes, encore embrumés, réapparaissent les uns après les autres.

Mise au courant de ce protocole par Théodore, le maître d'hôtel-majordome-chauffeur, Camille se demande ce qu'elle va pouvoir faire de sa matinée.

La veille, elle s'est éclipsée à minuit pile – il lui a semblé que François Maureuil en faisait autant – pour se réveiller, comme à son habitude, à sept heures. Et puisque François et Lætitia – auraient-ils passé la nuit ensemble ? – sont partis courir, elle se retrouve seule à errer dans le grand salon.

– Madame devrait aller visiter le château de Courbel, suggère Théodore qui remet en place les meubles dérangés par les noctambules. C'est le plus beau de la région, et il est ouvert tout l'été au public.

– C'est loin, Théodore ?

– Une dizaine de kilomètres. Je vais vous sortir la petite Renault. Elle est parfaite, pour les randonnées...

Voici Camille roulant en Renault 5 dans la campagne saintongeaise. À chaque tournant, c'est un nouveau paysage qui retient son attention : une maison d'époque, les bords de la Charente, un reste d'aqueduc, un pont romain. Elle lit les écriteaux, oblique soudain dans une allée majestueuse qui conduit à travers bois au magnifique château de Courbel.

Après avoir parqué sa voiture devant la grille, comme il est demandé aux visiteurs, Camille se dirige vers la billetterie. Au moment où elle va payer son entrée, une femme d'allure aristocratique, souriante, se dirige vers elle.

– Vous êtes madame Dessignes ? Le majordome de notre amie Viviane vient de nous prévenir par téléphone de votre visite. Entrez, vous êtes notre invitée ! Je suis la propriétaire, Chantal de Courbel.

Mme de Courbel la fait pénétrer dans les lieux en contournant le groupe de touristes qui attend le guide pour la visite.

– Aujourd'hui, c'est mon mari qui fait visiter, mais je vais vous faire passer par la petite porte : ainsi, vous pourrez aussi voir nos appartements privés et même le grenier et sa charpente – une curiosité que nous montrons rarement.

– Ce n'est pas éprouvant d'avoir en permanence des étrangers chez soi ?

– Financièrement, nous ne pouvons faire autrement : c'est si vaste, ici, l'entretien est si lourd...

La propriétaire désigne avec lassitude la masse imposante du château et des bâtiments annexes surplombant le jardin à la française avec ses allées, ses bassins, un parc qui se déploie jusqu'à l'horizon.

Camille est sous le choc : quelle majestueuse beauté ! Tandis que commence la visite guidée, la propriétaire l'entraîne par les cuisines, puis la fait pénétrer directement dans la vaste salle à manger. À cet instant, quelqu'un vient l'avertir qu'on la demande au téléphone.

– Je reviens, promenez-vous à votre guise !

Camille erre de-ci, de-là, puis, happée par la vue, va s'installer sur le balcon de pierre d'où elle contemple la succession de jardins si bien entretenus.

La voix du guide lui parvient à travers la portefenêtre :

– Ici vous pouvez admirer une véritable curiosité, l'une des premières baignoires du temps, encastrée dans la bibliothèque...

Camille s'accoude au balcon. Soudain, elle perçoit une présence.

– Vous ne voudriez pas me faire visiter ?

Un jeune homme d'une trentaine d'années est venu s'accouder près d'elle.

– J'ai horreur de la foule, continue-t-il. Je préférerais que vous m'accompagniez...

– Mais je ne suis pas chez moi !

– Qui est chez soi, ici ? dit l'inconnu en désignant du bras le vaste édifice qui les surplombe. Je n'arrive pas à imaginer comment quelqu'un a jamais pu y vivre un moment d'intimité... ou de solitude.

— On peut être seul en compagnie.

— C'est votre cas ? s'enquiert le jeune homme.

Camille se recule.

— Excusez-moi, je ne me suis pas présenté : Frédéric Lanzac. Je suis en vacances chez ma tante, du côté de Cognac. C'est elle qui a exigé que j'aille visiter Courbel ; elle veut que je connaisse toutes les merveilles de la région, pour me retenir auprès d'elle, je suppose !

— Vous retenir ?

— Elle voudrait que je prenne sa succession. Elle possède des vignes qui produisent du cognac, et elle n'a d'autre héritier que moi !

— C'est alléchant !

— Quitter Paris pour venir s'enterrer au milieu des vignes, ça vous paraît jouable ?

— Que faites-vous de mieux à Paris ?

— Des études de droit et de lettres. Je voudrais entrer dans la presse et... Mais je vous raconte ma vie et vous ne me dites rien de la vôtre... C'est inique !

La propriétaire les rejoint et dévisage le jeune homme d'un air interrogateur.

— Frédéric Lanzac, dit Camille.

— Lanzac ? Avez-vous un rapport avec le cognac ?

— Mathilde Lanzac est ma tante !

— Une femme charmante qui mène rudement bien son affaire toute seule ! Venez, je vais vous faire visiter le grenier : sa charpente est un chef-

38

d'œuvre d'ébénisterie, on dirait un bateau renversé !

Tandis que Mme de Courbel prend les devants, Frédéric, voyant que les légères sandales de Camille la font glisser sur les parquets cirés, l'enlace d'autorité. « C'est bon, un bras jeune et solide », songe furtivement la jeune femme.

Personne n'est en vue lorsqu'à son retour de Courbel Camille stoppe la petite Renault sur le parking du manoir de Tillac. Elle a la sueur au front car il est deux heures de l'après-midi et la chaleur s'est faite encore plus intense.

Sont-ils à table ? Non, la salle à manger est vide et la jeune femme se rend dans ce que Viviane appelle son « Q.G. », la cuisine et ses dépendances, où se trouve toujours au moins un membre du personnel.

Effectivement, Théodore est là, préparant de vastes plateaux avec l'aide de la femme de chambre, tandis qu'Étiennette, la cuisinière, s'active aux fourneaux.

– Où sont-ils, personne n'est encore levé ?

– Quelques-uns, et Mme Vanderelle a demandé à ce qu'on serve un en-cas autour de la piscine où elle se trouve avec M. Hugues.

La piscine comporte un bungalow continué par une avancée en bois, laquelle, située au nord, est bien protégée du soleil. C'est là que les « tôt-levés » se sont installés sur des sièges de repos, à siroter des jus de fruits avec une paille en attendant leur collation.

— Toi, tu as fait une rencontre ! lance Viviane à Camille.

— Mais tu es une devineresse ! s'exclame Camille, amusée. À quoi vois-tu ça ?

— C'est mon petit doigt qui me l'a soufflé, sourit Viviane en indiquant son portable. Chantal de Courbel vient de me téléphoner ; il paraît que tu lui as présenté l'héritier du cognac Lanzac, elle a trouvé très drôle que ce soit toi... Tu penses poursuivre ?

— Viviane, ne t'emballe pas ! Frédéric Lanzac n'a pas trente ans...

— C'est le bel âge ; ces garçons-là s'intéressent encore aux femmes mûres ! À consommer de suite, le petit...

— Qui a le bel âge ? interroge François Maureuil qui vient de s'extirper de la piscine où il faisait quelques longueurs.

— La dernière pêche de Camille : un jeune brochet – mais c'est elle qui va le dévorer !

— Camille devenue dévoreuse de poissons ? Dans ce cas, me voici ! s'exclame François qui s'avance, tout mouillé, les bras en croix, vers Camille, laquelle bat en retraite. « Essuie-toi d'abord, on verra ensuite ! »

— Enfile un peignoir, prof, et viens grignoter avec nous ! propose Viviane, tandis que Théodore installe les plateaux de salades et de mets froids. Inutile d'attendre les autres, ils ont fait un poker toute la nuit...

— Je les ai quittés vers les trois heures du matin, dit Hugues. Je tombais de sommeil et Lætitia gagnait...

— Lætitia gagne toujours aux jeux d'argent.

— Et aux jeux de l'amour ? demande Camille.

— Peut-on tout avoir ? soupire Hugues. Pour ce qui est de moi, je n'ai de chance ni aux uns ni aux autres...

— Ce qui ne t'empêche pas de faire comme si tu en avais, remarque Viviane, tu es un acrobate de la vie, Hugues, tu te raccroches à toutes les branches...

— Tu veux dire que je suis un vieux singe ? bougonne Hugues. Dieu, que cette purée d'aubergine est savoureuse ! Du côté de la bonne bouffe, en tout cas, j'ai toujours été gâté...

— Et cela se voit ! rétorque Viviane. François, lui, je ne sais comment il fait, mais il n'a pas de ventre, ou à peine, juste ce qu'il faut pour paraître confortable... Un homme sans estomac à cinquante ans, ça donne à penser qu'il n'a pas...

— De quoi ? questionne Camille qui, de son côté, a lorgné la silhouette bien conservée du médecin.

— De réserves... C'est qu'il en faut, dans le monde actuel ! Tu risques à tout moment une traversée du désert : ou c'est ton amour qui te lâche, ou tu es mis à pied dans ton job.

— Quelle vision pessimiste du monde actuel, ma chère Viviane !

— Je suis chef d'entreprise. Au surplus, j'ai tourné le coin.

— Lequel ?

— Eh bien, celui de l'âge... Vous n'êtes ici que

parce que j'ai les moyens de vous recevoir avec le confort que vous méritez. Sinon, je serais bien seule...

— Viviane, proteste Camille, je te jure que je serais là, même si tu habitais... la maison du gardien. Ou sous une tente... Ou dans un camping-car...

— C'est à voir ! s'esclaffe Viviane. Pour l'instant, faites comme moi, mettez un peu d'alcool de riz dans votre jus de fruits, c'est la recette chinoise que j'ai ramenée de Pékin où je viens d'ouvrir une boutique Vanderelle...

— Mais c'est exquis ! savoure François Maureuil qui a suivi le conseil.

— Et savez-vous quelle est la grande mode, là-bas ? Le cognac !... Tu devrais te rendre à Lanzac, Camille, puisque tu y es invitée. Tu découvriras un domaine où tout est magnifié par le temps... contrairement à ce qui se passe dans le monde de la mode ! Tiens, que vois-je : serait-ce un oiseau de nuit égaré en plein jour ?

C'est Lætitia qui s'avance en titubant.

— Mais que faites-vous tous sous cet affreux soleil ? Vous êtes fous, il faut rester à l'ombre, par un temps pareil !

— Prends un fond de café, ma rose, tu te sentiras mieux, dit François en lui servant une tasse du café bouillant que Théodore vient d'apporter dans un pot en argent.

— Je préfère un peu de salade de fruits avant d'aller faire la sieste. Tu m'accompagnes, François ?

Cela ressemble à un ordre plus qu'à une invite, et la jeune fille est si appétissante, dans son léger vêtement, que Camille, agacée, se décide à quitter les lieux :

— Tu as raison, Viviane, je vais aller voir comment se fabrique cette drôle de liqueur qui, d'après toi, a le bon esprit d'embellir en vieillissant... Un exemple à suivre ! Peux-tu m'indiquer le chemin de Lanzac ?

– Demande à Théodore, il est féru de cartes routières et connaît la région comme sa poche.

Le château de Lanzac ne se voit pas de la route, dissimulé qu'il est par de hauts plants du vignoble cognaçais. C'est une petite voie sablonneuse, à peine signalée, qui y conduit. L'habitation principale, celle des propriétaires, est une longue maison charentaise, blanche et basse, autour de laquelle s'est constitué un village : les différentes constructions où se distille, se met en fûts, en bouteilles, et se conserve le cognac.

Camille roule lentement parmi des hommes et quelques femmes qui semblent diversement occupés.

À peine a-t-elle stoppé devant le perron de la maison de maîtres que Frédéric en sort pour s'avancer vers elle en souriant :

— Bienvenue au royaume de l'esprit !

— De l'esprit ?

— Rien de plus subtil que le cognac, de par sa fabrication mais aussi par ce qu'il instille chez ceux qui en usent – je n'ai pas dit : « en abusent »... Vous allez vous en rendre compte auprès de ma tante !

Mathilde Lanzac, qui doit avoir l'âge de Viviane,

ne lui ressemble en rien : cheveux blancs coupés en brosse, elle porte le *jean* sous une veste d'homme, et c'est debout dans son salon qu'elle accueille Camille.

– Frédéric m'a dit que vous nous feriez l'honneur de visiter nos chais...

– Mais c'est vous, madame, qui avez la bonté de m'y laisser pénétrer.

– En fait, dit Frédéric, les visiteurs sont admis dans une certaine partie des bâtiments, mais il est des lieux secrets, interdits à tous – sauf à vous aujourd'hui !

– Frédéric va vous servir de guide. À votre retour, nous prendrons un petit verre ensemble...

– Venez voir l'alambic, propose le garçon en prenant Camille par la main. C'est aussi impeccable qu'un bloc opératoire ou les cuisines d'un grand chef.

Dans la salle de distillation, subjuguée par l'aspect des lieux, Camille s'appuie contre l'escabeau qui permet de surveiller de près l'alambic et ses nombreux cadrans. Frédéric a raison : tout y est propre, reluisant, astiqué comme dans un laboratoire.

– Si je m'installe ici, comme me le demande ma tante, ce que je peux espérer de mieux, c'est de répéter année après année ce qu'ont fait mes aïeux ! Toute initiative serait une erreur. Sauf sur le plan commercial où il s'agit, en voyageant à l'étranger, surtout en Asie, d'élargir les marchés.

– Eh bien, vous voyez qu'il y a de quoi innover !

– Vous trouvez que j'ai la tête d'un voyageur de commerce ? Mon rêve est de faire le tour du monde en curieux, en explorateur de lieux encore intacts, méconnus...

– Qu'est-ce qui vous en empêche ? À votre âge, vous avez des années devant vous et rien ne vous empêcherait d'emmener un peu de cognac Lanzac dans vos bagages... pour le cas où vous rencontre- riez des amateurs !

– Ce tour du monde, ce n'est pas avec le cognac que j'ai envie de le faire, Camille, c'est avec vous !

– Mais je l'ai déjà fait !

– Justement, mon bonheur serait d'entreprendre une visite guidée des cinq continents avec vous comme guide !

Camille est toujours adossée à l'escabeau et Fré- déric s'approche. Posant ses deux bras contre le mur, il l'encercle et cherche à l'embrasser.

– Frédéric ! dit-elle sans tenter de le repousser. Je pourrais être...

– Ma mère ? Non, vous n'en avez pas vraiment l'âge... Et le peu d'années qui nous sépare, c'est justement ce qui m'attire en vous ! L'inceste, le désir secret de tous les petits garçons : vous n'êtes pas au courant ? C'est que vous n'avez pas encore d'enfant...

– C'est un fantasme, rien d'autre. Pernicieux, en outre : on ne bâtit rien sur l'inceste...

– Ne serait-ce pas pour vivre ce fantasme que vous avez épousé un homme qui avait vingt ans de plus que vous, donc l'âge d'être votre père ?

– Mais ce n'est pas pareil !

– Pourquoi ça ?

– Si Jean-Philippe était mon aîné, je le sentais fragile – la suite l'a prouvé –, ce qui fait que j'avais plutôt le sentiment que j'étais la plus forte et que c'était moi, sa mère.

– Eh bien, renversons la situation : cette fois, je serai votre père. Je me sens très bien dans le rôle ! Venez, que je vous présente à nos futurs enfants : pour l'instant, ils sont encore en couveuse !

Frédéric s'écarte de Camille pour lui prendre la main et l'entraîner dans le bâtiment voisin, fermé par deux séries de portes que sépare un sas. Là, le cognac vieillit en fûts. C'est un contraste complet avec la salle de distillation : non seulement la poussière est préservée, mais la salle où s'accumulent cuves et tonneaux demeure constamment dans une semi-obscurité favorable aux grosses araignées qui y tissent paisiblement leurs toiles.

– Voici le sanctuaire où s'élabore le nectar : prière de ne pas déranger ! chuchote Frédéric.

Il s'approche de Camille, hume ses cheveux, son épaule.

– Vous sentez presque aussi bon qu'un vieux cognac.

Camille éclate de rire et, cette fois, le laisse l'embrasser.

– Vous êtes grisante...

– Ne vous y fiez pas trop, ce doit être l'effet des exhalaisons en provenance de vos fûts !

– Nous appelons cela la « part des anges ». En l'occurrence, c'est fort bien nommé...

– Arrêtez, Frédéric ! Je crois que votre tante nous attend...

Lorsqu'ils se retrouvent au salon, Mathilde a disposé devant elle plusieurs gros flacons de verre taillé renfermant une liqueur qui va du doré clair au foncé.

– Tenez, dit-elle à Camille en lui tendant un minuscule verre à cognac qu'elle vient de remplir ; celui-là, nous ne le vendons pas. Goûtez-moi ça, il a près de cent ans !

– Mais, proteste Camille, je ne bois jamais d'alcool...

Frédéric ôte prestement de la main de sa tante le verre que Camille hésite à prendre.

– Pour les dames qui ne boivent jamais d'alcool, nous possédons une méthode infaillible.

Il s'agenouille près de Camille et, à plusieurs reprises, lui passe le tout petit verre sous le nez.

– Hum, c'est vrai que ça sent bon ! dit Camille qui tend instinctivement la main vers le verre.

Frédéric le retire prestement :

– Non, pas encore...

Puis il lui approche à nouveau l'alcool des narines, l'en éloigne, et encore une dernière fois avant de la laisser s'emparer du petit verre rond qu'elle porte aussitôt à ses lèvres.

– Vous voyez : personne n'y résiste !

– Vous avez raison, c'est exquis, dit Camille, avec ce goût qui enfle et se répand dans toute la bouche...

— C'est ce que nous appelons « faire la queue de paon », explique Frédéric. Les grands cognacs n'y manquent jamais...

— J'aime t'entendre dire « nous » ! s'écrie Mathilde. Vous ne pouvez pas savoir, madame...

— Camille !

— ... Camille, c'est fou, le mal que j'ai à faire comprendre à cet enfant qu'il n'est pas de plus beau métier, pour un Lanzac, que de continuer la tradition !

— Pour quelqu'un qui est né après 68, la tradition est loin d'être un *must*, tante Mathilde ! s'exclame Frédéric en riant. Et puis, qu'est-ce que je ferais tout seul dans ce domaine ?

— Tu te marieras, tu auras des enfants...

— Tu t'es bien mariée, ma chère tante, et pourtant te voilà seule.

— Je n'ai pas eu de chance. Imaginez-vous que j'ai épousé un homme pas mal plus jeune que moi, enthousiaste, amoureux de la région et de nos chais, et il est mort ! Dans un accident de voiture...

— Pourquoi ne t'es-tu jamais remariée ?

— Il y a des êtres irremplaçables, soupire Mathilde en lorgnant sur la cheminée la photo encadrée d'un très bel homme. Antoine était magnifique. Après lui, les autres m'ont tous paru insuffisants...

— Sauf moi, si je comprends bien ?

— Oui, sauf toi, mon chéri.

Camille est émue. Quelque chose d'une transmission est en train de se dérouler entre ces deux êtres, et elle a le privilège d'en être le témoin.

À Tillac, tout le monde est à table pour le dîner quand surgit Camille, les joues rougies – par le cognac –, essoufflée.

– Ah, te voilà ! lui lance Viviane. Assieds-toi vite, ces jeunes loups sont en train de tout dévorer.

François se lève, le sourire aux lèvres :

– Mets-toi près de moi, Camille ; je vais chercher une autre chaise.

– C'est que j'ai amené un invité, dit-elle. Il arrive : il parque la voiture.

– Théodore ! s'écrie Viviane. Deux couverts de plus !

Elle fait signe au valet de chambre de disposer les deux couverts à côté d'elle.

Surgit Frédéric dont l'apparition à la fois courtoise et décontractée fait impression. Il se dirige droit vers Viviane, laquelle a repoussé sa chaise pour l'accueillir.

– Pardonnez-moi, madame, de m'introduire à l'improviste chez vous, mais Camille a insisté ! Ceci est pour vous, de la part de ma tante.

Il tend à Viviane une bouteille d'un cognac sans

coffret, sans étiquette, un peu poussiéreuse, manifestement hors commerce.

— Je vous présente Frédéric Lanzac, déclare Camille en lui posant la main sur l'épaule.

— Le nom est familier ! souligne Viviane qui a posé la si vieille bouteille devant elle sur la table du dîner.

François, resté debout, considère le jeune homme avec attention. Il a cessé de sourire. Il se rassied brusquement et entoure de son bras les épaules nues de Lætitia.

Certes, il y a d'autres jeunes mâles dans la maison, dont Louison, le top-modèle amateur de femmes, Vincent, un assistant photographe dont la caméra a bien du charme, mais Frédéric, contrairement à eux, semble ne dépendre de personne d'autre que de lui-même. Maureuil le pressent : la concurrence, pour ne pas dire la relève, vu l'âge de Frédéric, vient d'arriver.

Jour après jour le temps demeure splendide, et, vers les cinq heures du soir, la lumière s'irise de rose, embellissant toutes choses, le fleuve, les pierres.

– Il faut vraiment que ce soit toi pour que j'accepte d'aller voir des vieilleries pareilles ! dit Viviane à l'adresse de Camille.

Les deux femmes sont assises côte à côte sur les plus hauts gradins des arènes de Saintes.

– Quand je pense que tu habites la région et que tu n'avais jamais vu ce cirque ! s'exclame Camille. N'est-il pas admirable ?

– Mais vieux ! Délabré, en quelque sorte : Regarde-moi ces trous dans la pierre... Au bord de l'écroulement...

– Qu'est-ce que tu as contre ce qui est ancien et qui a servi ?

Viviane relève sa manche, pince la peau de son bras :

– Moi aussi, j'ai servi, et vois le résultat : ça plisse, ça pend, c'est vilain, ça sent mauvais...

– Tu ne sens pas mauvais !

— Parce que je m'inonde de mon eau de parfum, laquelle, entre nous, est une sacrée réussite ! Mais, pour le reste, il n'y a rien à faire... Une femme n'a pas la permission ni le droit de vieillir dans nos sociétés dites « avancées » ! Crois-moi : dépêche-toi de te trouver quelqu'un, tant qu'il est encore temps ! À propos, qu'est-ce que tu fabriques avec ce garçon du cognac ? Pour l'été, passe encore ; mais après... ?

— Tu prétends n'aimer que la jeunesse, et voilà que tu me reproches Frédéric — avec qui, je te signale, il ne s'est rien passé !

— La jeunesse est dangereuse, comme tout ce qui est fort !

— Nous ne faisons que bavarder !

— Ce n'est pas ce que pense François.

— François t'a parlé de Frédéric ?

— Il trouve que tu te... comment dit-il ?... dévergondes !

— Et qu'est-ce qu'il fait, lui, avec Lætitia ?

Viviane lève les yeux au ciel et tend la main à Camille pour qu'elle l'aide à se relever :

— Les hommes ont tous les droits, côté sexe, et courir les minijupes les rend encore plus séduisants, alors que nous autres, même si nous avons acquis la liberté d'y aller franco, coucher sans frontières d'âge nous dégrade... Allez, rentrons : tous ces siècles qui me contemplent me donnent le tournis ! Je préfère ma fosse aux lionceaux...

— C'est quoi, cette fosse ?

— Ma piscine et ceux qui s'y ébattent... Allons

voir ce qu'ils sont devenus ! Cela me donne des envies...

– Mon Dieu, ne me dis pas que tu utilises ces top-modèles...

– Si, parfaitement ! Mais pas pour ce que tu imagines, perverse ! Les voir nus, les filles aussi bien que les garçons, me donne des idées pour ma future collection... Tu comprends : le corps humain n'a pas été complètement exploité – je veux dire : sur le plan graphique... Picasso a montré la voie, les couturiers sont encore loin en arrière, ils commencent tout juste à se risquer à inventer...

– De nouveaux corps ?

– De nouvelles façons de les donner à voir... Tout de même, les gradins de tes arènes m'inspirent une idée...

– Ah, tu vois bien que tu as besoin de contempler autre chose que ta petite faune ! Et c'est quoi ?

– Des volants en dégradés irréguliers, des volants déchirés, décalés, éboulés, comme ici...

– J'admire comme tu es créatrice, ma Viviane ! dit Camille en entourant d'un bras les épaules de son amie tandis qu'elles regagnent la voiture où Théodore les attend.

– Mais non, je ne suis qu'une chapardeuse, je chipe tout ce qui se présente et je le déforme ! C'est plus fort que moi.

Ne serait-ce qu'à cause des escaliers à grimper, le second étage du petit manoir de Tillac est entièrement réservé aux jeunes. Garçons et filles s'y entassent dans une ribambelle interchangeable par les manières : couche-tard, lève-tard, délicieux à regarder, sinon à entendre...

Quel vocabulaire ! On peut trouver savoureux, quand on est d'humeur tolérante, de se retrouver pris dans le chapelet de ces mots qu'autrefois on considérait comme grossiers ou injurieux, continuellement égrenés par ces bouches ravissantes.

Ainsi Jasmine, une longue et mince brune à l'immense chevelure déployée sur ses épaules, ne peut articuler une phrase sans qu'y figure le mot « con ». Tout l'est : le temps qu'il fait, d'avoir égaré son *soutif*, que le portable soit déchargé. Edwards ne lui rapporte pas du village sa marque de cigarettes favorite... Tout cela est « con », quoique, d'une minute sur l'autre, le même fait ou le même être puisse être taxé de « génial ». Ses interlocuteurs eux aussi sont tantôt supers, tantôt merdiques selon qu'ils exaucent ou non ses désirs de l'instant.

Au début, ne fût-ce que par courtoisie, Camille avait tenté de parler avec Jasmine la brune, Coralie la « black », ou la rousse Thérèse. En vain. On ne lui répondait que par « oui », ou « non », ou « je ne sais pas », et c'était elle qui devait faire l'effort de relancer l'échange.

Jusqu'à ce que l'une de ses questions fasse mouche. En fait, elle concerne le seul sujet qui les intéresse : elles-mêmes ! Alors là, les filles se révèlent intarissables, dissertant indéfiniment sur le fait qu'elles s'estiment ou trop grosses, ou trop maigres, ou les deux à la fois – ça existe ! –, leurs cheveux ne leur obéissant pas, leur peau non plus, et elles ne savent plus à quel yaourt ou à quel cold-cream se vouer... Mieux vaut peut-être une recette de grand-mère à la camomille ou au sainfouin – qu'en pense Camille ?

« Elles ne sont pas même arrivées à être des petites filles, se dit-elle ; les vraies gamines sont pour la plupart extrêmement malignes, futées, drôles, indépendantes. Celles-ci, on dirait des plantes d'aquarium : c'est un bonheur pour l'œil de les contempler jusqu'à ce qu'on s'aperçoive qu'elles font toujours les mêmes mouvements, ceux que leur impose le courant dans lequel elles sont immergées... On croit que ce sont elles qui dominent la mode, alors qu'elles n'en sont que les *fashion victims*, portant ce qui leur est imposé par les diktats des créateurs... Leur arrive-t-il d'être amoureuses, sinon d'elles-mêmes ? »

60

Les trois sylphides sont allongées sans mouvement sur des chaises parallèles, le corps généreusement huilé, un masque sur le visage pour préserver leur teint. Pareillement sujette aux coups de soleil, Coralie, la *black*, se protège tout autant.

Désœuvrée, Camille les imite et quand Viviane survient, c'est à quatre corps immobiles qu'elle se retrouve confrontée.

Elle finit par reconnaître Camille :

— Tu fais partie de mes *girls* maintenant ?

Camille se redresse sur un coude :

— Tu arrives à temps, je commençais à me croire sur la grille d'un barbecue. Je me douche et je te rejoins... à l'ombre !

Elle revient, ayant passé une chemise de soie verte et agitant comme un éventail un vaste chapeau de paille tressée importé des Caraïbes.

Une fois assise sur un fauteuil de rotin près de Viviane, elle lui chuchote :

— Entre nous, à quoi te servent-elles ?

— Quoi, mes chaises longues ?

— Mais non, tu sais bien : tes petites...

— Ah, les nanas ! Je te l'ai déjà dit : j'aime voir évoluer des corps jeunes autour de moi... Cela m'inspire pour ma mode... D'autant que le corps humain évolue sans cesse, sans doute parce qu'on pense et vit autrement, et je cherche à déceler ce qu'il exprime de nouveau. La *disruption* : c'est un mot d'aujourd'hui pour signifier rompre avec l'habitude tout en s'appuyant sur elle...

– Il est vrai que ta mode évolue sans cesse, même si tu gardes ton style ! Tu te sers de ces filles comme un peintre de ses modèles. Quitte à les déformer...

– Elles fonctionnent aussi comme des attrape-mouches ! Tu crois que j'aurais François Maureuil à domicile si ce professeur ne savait qui il allait rencontrer chez moi ? Il a aperçu Lætitia dans ma maison de couture, un jour qu'il me rendait visite ; il savait qu'elle serait à Tillac, alors il a débarqué !

– Lætitia me paraît un peu plus évoluée que les autres ; je crois même l'avoir aperçue un livre à la main...

– Celle-là ne sera pas mannequin toute sa vie, je peux te l'assurer : elle cherche à se caser bourgeoisement.

– Cela veut dire quoi, la « bourgeoisie », de nos jours ? Ça existe encore ?

– Les bourgeois ont des successeurs qui ne descendent pas forcément d'eux, mais qui les remplacent : ils ont « chaussé », si je puis dire, leurs appartements, leurs meubles, leurs collections d'art, leurs préjugés et parfois, pas toujours, leurs bonnes manières... Ils ont de la domesticité d'une couleur de peau ou d'une autre... Et ils roulent en carrosse, c'est-à-dire BMW, Alfa-Roméo, Porsche, quatre-quatre, Mitsubishi, Mercedes... Les filles repèrent d'emblée parmi eux les bons partis à exploiter, comme y excellaient autrefois les courtisanes. Elles savent qu'il y a de la place pour elles dans la vie d'un financier, d'un réalisateur de films, d'un P-DG, de certains hommes politiques...

– Elles sont si nécessaires ?

– Absolument ! Les belles filles sont là pour arrondir les angles d'une société chahutée, elles aideront à ce que les morceaux continuent de tenir ensemble, que les extrêmes cohabitent... D'autant plus qu'elles passent de l'un à l'autre, et les hommes, fussent-ils parfois des adversaires, se sentent reliés entre eux par cette sorte de tissu conjonctif : les mignonnes petites putes de luxe !

– Tu ne les arranges pas !

– Je ne les critique pas non plus... Elles ont leur rôle, et certains hommes les épousent ! Les voici alors qui croient tenir le jeu en main, et elles se mettent à jouer grand...

– Elles y réussissent ?

– Pas toutes. Certaines se font éjecter, mais d'autres, les « dures », gagnent... Je pense que Lætitia en fait partie et qu'elle y arrivera. Maureuil ne sera qu'une marche dans son ascension. Une fois dans le monde étroit des *beautiful people*, elles n'ont plus qu'à se laisser porter...

– Pourquoi n'en avons-nous pas fait autant toi et moi ? Tu étais plus belle, ma Viviane, et plus intelligente que toutes celles-là réunies !

– Je vais te dire un secret, Camille : parce que je savais d'avance que je m'ennuierais à ne rien faire. La vie de la jet-set, très peu pour moi ! La vraie réussite, pour une femme aujourd'hui, c'est autre chose...

– Quoi ? Gagner elle-même son argent ?

– C'est de pouvoir s'activer à ce qui lui plaît, tout en étant épaulée par un homme... Regarde les femmes des ministres, de dirigeants de partis politiques, de présentateurs à la télé, de la plupart des hommes en vue : au lieu de rester paisiblement chez elles, elles cherchent à s'immiscer dans la vie sociale, en particulier par le biais de l'humanitaire...

– Eh bien moi, j'ai aimé ne rien faire, être une épouse comblée auprès de Jean-Philippe !

– Parce que tu es vivante à l'intérieur, ça te suffisait... Moi aussi, j'aurais pu ne rien faire auprès de mon ex-mari, mais j'ai des mains qui bougent toutes seules !

Et Viviane de les agiter devant elle comme des marionnettes !

– Tu vois, je n'y puis rien, depuis que j'ai cinq ans, je « chiffonne » ; ça énervait assez ma mère, surtout quand j'ai commencé à manier les ciseaux ! Tout y passait : mes robes, les siennes, le linge de maison, les rideaux... Tiens, qui je vois là, l'air égaré comme s'il avait perdu ses lunettes ? Mais c'est Hugues. Que fais-tu là, mon petit lapin ? Je te croyais en train de pédaler, si je puis dire... Théodore m'a assuré que tu avais emprunté une petite reine et que tu avais filé vers les bois...

Hugues se laisse tomber sur un fauteuil à très haut dossier.

– J'avais cru que... Écoutez, je vous explique : j'ai vu Edwards et Jasmine partir à pied de ce côté-là... Eh bien, même avec le VTT, je ne les ai pas retrouvés...

– Et pour cause ! Jasmine est là : tu vois cette gisante, celle du milieu, c'est elle !

— Voilà qui me rassure... Mais alors, où est passé Edwards ?

— Va voir dans sa chambre.

— Il n'y est pas...

— Alors, dans la tienne, sous les draps !

— Tu crois, Viviane ?

Et Hugues de détaler vers la maison.

— C'est triste, de le voir aussi malheureux..., soupire Camille.

— Mais c'est tout le contraire, Camille : il est fou de bonheur, il jouit sans arrêt, il a vingt ans : il est amoureux ! Que j'aimerais l'être encore ne fût-ce qu'une seule fois, une toute petite... Et toi, tu l'es ?

— Je suis encore congelée à l'intérieur, et je n'y peux rien. En fait, je crois que j'ai envie de rester comme ça par...

— Par fidélité à ton cher disparu ?

— Par fidélité à l'amour.

On veut croire que l'invention et la généralisation du téléphone portable rend la vie beaucoup plus facile, la simplifie au-delà même de ce qui pouvait se concevoir lors de son apparition. Que de rendez-vous pris et décommandés sans problème grâce à lui, sans compter tout ce qu'il épargne en trajets, confrontations inutiles ; et puis il y a les appels d'urgence, les demandes de secours en cas d'accident, ou même tout bêtement en cas d'oubli d'un code d'entrée : « Je suis en bas de chez toi et le code c'est quoi ? Ah bien, merci, je monte ! » Divin ! Inimaginable du temps de nos parents, grands-parents, lesquels étaient davantage esclaves de l'espace et du temps... Nous, on vole par-dessus les deux !

Avoir un portable, c'est être libre ! C'est jouir d'être comme lui : sans fil.

En vérité, à l'usage, c'est tout le contraire ! Le portable nous fait vivre dans l'inquiétude permanente : ou il sonne, nous fait tressauter, changer de cap, réviser nos pensées, nos projets ; ou il ne sonne pas, et c'est pis encore : « On ne m'appelle pas : que se passe-t-il ? »

Stressés l'on est quand on le perd, ou qu'il sonne sans qu'on ait eu le temps de mettre la main dessus et qu'il n'y a pas de message... Si c'était Lui, ou Elle, ou le Bon Dieu qu'on vient de rater ! De plus, il permet de vous localiscr à tout instant, et la police – mais il n'y a pas qu'elle – ne manque pas de s'en servir : « Vous étiez là tel jour, à telle heure, ne niez pas, vous avez téléphoné, nous avons *tracé* l'appel... »

Sans compter l'imprévu, la nouvelle ou la personne qui vous tombent sur la tête d'une seconde sur l'autre, alors que vous croyiez être bien tranquille, « hors tout », comme en ce moment Camille, sous l'auvent de la piscine, auprès de Viviane, à disserter sur la vie, les hommes, l'amour, le temps qui tantôt passe, tantôt ne passe pas...

Là, tout est immobile, semble-t-il, pacifique comme peut l'être un après-midi de plein été en Charente, quand « il » se met à sonner.

Le portable de Camille.

Pourquoi aussi l'a-t-elle glissé dans la poche-poitrine de sa chemise de soie verte, alors qu'elle n'attendait aucun appel ?

– La barbe, maugrée-t-elle, qui ça peut bien être ?

Elle se connecte.

– Allô ?

Toute à ses propres pensées, Viviane s'abstrait de l'échange.

– Oui, c'est moi... Bonjour. Alors, vous avez su ! Je l'ai enterré il y a cinq jours... Dans un petit cimetière de la Charente, dans son caveau de famille, il était né dans ce coin-là... Cela a été très long, assez dur, mais, à la fin, il était paisible, résigné. Moi, je ne le suis pas, même si je suis heureuse qu'il ne souffre plus... Non, il ne me manque pas, pas encore ; je suis encore avec lui... Où ? Eh bien, chez une amie qui a une maison dans la région... Viviane Vanderelle, vous connaissez ? Oui, la couturière... Bien sûr, on peut se voir quand je rentrerai à Paris, à la fin du mois... Ah, vous ne restez pas en France ? (Long silence d'écoute.) Si vous voulez, Werner, appelez-moi quand vous serez tout près : mettons à Saintes, je vous retrouverai dans un café. Entendu, à demain.

Camille raccroche, pensive.

Viviane la regarde sans poser de question, mais Camille a besoin de raconter :

— C'est Werner Schrenz, un vieil ami de Jean-Philippe... Il vit en Allemagne, il est de passage à Paris et vient d'apprendre sa disparition. Il veut me voir...

— Cela ne va pas t'attrister, de remuer tout ça ?

— Tu sais, j'ai encore besoin de parler de Jean-Philippe, des derniers mois de sa vie à quelqu'un qui le connaissait bien, qui l'aimait. Je lui ai dit que je le retrouverais à Saintes.

— Pourquoi pas ici ?

— Je ne veux pas te déranger en amenant chez toi un inconnu...

— Tu sais bien que, chez moi, tu es chez toi. Tiens, revoilà notre Hugues ! Alors, tu as retrouvé ton fugueur ?

— Tu avais raison, Viviane, comme toujours : Edwards dort comme un petit ange... Sur le canapé du salon... Si tu savais comme il est beau, avec sa chemise ouverte, sa mèche blonde sur les yeux... J'ai tiré les rideaux.

– C'est bien, Hugues, il faut toujours tirer les rideaux sur l'amour endormi.

Camille se tait.

Ne devrait-elle pas, elle aussi, tirer les rideaux sur son amour qui dort du sommeil éternel ?

– Mais tu ne m'avais pas dit que cet homme...

En peignoir de satin noir sur une chemise de nuit en jersey de soie mauve, Viviane vient de pénétrer dans la chambre de Camille alors que celle-ci est à sa toilette du soir.

– Qu'est-ce que je ne t'ai pas dit, ma grande ?

– Que ton ami, enfin, celui de Jean-Philippe, ce Werner avait... n'était plus tout jeune !

– C'était un ami d'enfance de Jean-Philippe et ils avaient tous deux la soixantaine : est-ce si important ?

– Eh bien, en quelque sorte oui... J'étais convaincue qu'il s'agissait d'un plus jeune, de ta génération, et je ne m'attendais pas à voir un homme... de mon âge !

– Cela te déplaît ? Tu le trouves trop vieux pour être ici ? lance Camille face à son miroir, tandis qu'elle se passe une eau démaquillante sur le visage. C'est fou, regarde mon coton : ici aussi, on a du noir sur le visage en fin de journée...

– La pollution est partout, désormais, même en pleine campagne ; elle vient des usines, des routes, de tout... Si j'avais su, pour Werner Schrenz, je lui aurais réservé un tout autre accueil et donné une chambre plus spacieuse, avec plus...

– Plus de quoi ? Chacun de tes invités est déjà tellement gâté !

– Avec des journaux allemands, par exemple, le *Spiegel*, et puis une paire de charentaises : il ne connaît peut-être pas ces moufles pour les pieds...

– Tu as encore le temps de le chouchouter, puisque tu l'as si gentiment invité à passer quelques jours ici !

– Il n'a pas dit oui.

– Il n'a pas dit non.

En fait, Werner Schrenz, arrivé à Tillac à bord d'une BMW vert métallisé en suivant les indications que Camille lui a données par téléphone, a été surpris par le luxe de l'endroit, mais aussi par le charme que sait conférer Viviane Vanderelle à tout ce qu'elle crée et dispose autour d'elle. Le mobilier est choisi moins pour la décoration que pour son confort, le service aussi est presque affectueux...

– C'est drôle, dit Werner à Camille alors qu'ils sont partis pour un tête-à-tête dans les allées du parc, j'ai le sentiment de me trouver enfin dans cette France dont me parlait mon père, que j'ai un peu connue, aimée, et que je croyais disparue !

– Quelle France, Werner ?

– Faite de légèreté, d'insouciance, offrant à l'étranger un accueil chaleureux qui le comble à la fois d'un sentiment de liberté comme de beauté...

En ce moment même, je m'attends à entendre un orchestre de chambre jouer du Mozart, derrière les buissons... Règne ici la même ambiance que, j'imagine, dans les châteaux des aristocrates d'autrefois. Avec toutes ces filles ravissantes...

– Et pas trop farouches !

– Camille, je ne suis pas là pour me divertir, mais pour vous voir et vous entendre me parler de Jean-Philippe.

– Je préférerais que ce soit vous qui m'en parliez : il m'a dit que vous aviez fait vos études ensemble, juste après la guerre ?

– Ce n'est pas exactement cela. Il y a eu un échange entre nos familles : Jean-Philippe est venu passer un an chez nous, à Munich, puis ç'a été mon tour de résider chez lui, à Paris. Et je m'y suis tellement plu que, dans la foulée, je suis tombé amoureux de sa sœur...

– De Dominique ? Cette féministe déchaînée... du moins à l'époque ! Elle fréquentait Simone de Beauvoir et vitupérait contre toute la gent masculine...

– En fait, c'était Jean-Philippe qui me plaisait... Non, je ne suis pas de ce côté, ne vous méprenez pas... mais j'aurais aimé pouvoir nouer un lien étroit entre nos deux familles... Seulement, Dominique ne voulait pas se marier...

– Confirmé : elle est restée vieille fille !

– Sans compter que les parents de Jean-Philippe n'étaient pas chauds à l'idée d'avoir un Allemand chez eux. On était encore trop près de la guerre où ils avaient perdu du monde, en particulier une sœur

73

résistante, si j'ai bien compris, morte dans les camps.

– C'est vrai, Werner, tout le monde était blessé dans son cœur ou dans sa chair, pas encore prêt à la réconciliation. Vous l'étiez déjà, vous ?

– Il y avait des Juifs par alliance dans ma famille, et être Juif allemand, à l'époque, ou en connaître, cela vous ouvrait l'esprit, mais aussi le cœur si on en avait tant soit peu. Cela, Jean-Philippe le savait : dès le début, il avait perçu que ma famille et moi n'avions rien à voir avec les nazis. Il montrait une grande compréhension des autres, jusque dans le silence...

– Il était si intelligent...

– C'est pour cela que vous l'avez aimé ? Vous étiez toute jeune quand vous l'avez rencontré : son âge ne vous a pas retenue ?

– J'ai tout de suite senti qu'il était différent, supérieur, même s'il n'aurait pas aimé que je le qualifie ainsi, car il voulait être...

– Votre égal ?

– Mon époux. Et il l'a été. Si bien, avec tant de force et d'amour que j'ai renoncé pour lui à être comédienne... Sans doute n'avais-je pas assez la vocation. Peu importe !

– Vous avez été heureuse ?

Camille sourit, cueille une rose prête à s'effeuiller :

– Passionnément.

Tous deux se taisent, marchent encore un peu dans l'allée qui dessine une courbe et les ramène devant la maison.

– Viviane..., lâche soudain Werner sur le ton de la perplexité.

– Quoi, Viviane ?

– Jamais je n'aurais pensé que vous puissiez être intime avec une femme comme celle-là !

– Qu'y a-t-il là de si surprenant : elle vous déplaît ?

– Non, elle est très belle, très charmante et consciente de l'être, mais la mode, la superficialité de ce milieu, sa cruauté aussi...

– Viviane n'est pas qu'une couturière, c'est un être humain. Restez un peu à Tillac, puisqu'elle vous y invite ; vous pourrez juger par vous-même qui elle est...


Justement, Viviane est en vue, appuyée sur la balustrade de pierre sculptée qui surplombe le jardin. Elle regarde le couple s'avancer vers elle. Que pense-t-elle ? Mystère. Il y a du sphinx chez cette femme, l'habitude de ne montrer d'elle-même que l'image destinée à promouvoir sa création, car, si l'on veut réussir dans la mode, aujourd'hui, il faut d'abord se fabriquer un personnage, autrement dit un masque...

En fait, c'est vrai dans tous les domaines, quand il s'agit de réussir. Nietzsche l'a dit : l'homme moderne s'avance masqué. Et la femme, plus encore...

Ce jour-là, après le déjeuner, Camille lit tranquillement dans la véranda quand François s'approche d'elle, un journal sous le bras.

– Que lisez-vous, belle dame ?

– Balzac... Du temps de mon mari, j'étais tout le temps dérangée, il m'entraînait dans ses activités, puis, quand il a été malade, il me voulait toute à lui. Maintenant seulement j'ai des heures libres devant moi, alors j'en profite ! Et toi, tu adorais lire, autrefois ?

– Je continue, mais à plus petites doses. Je tente de ne lire que le meilleur, ou ce qu'on me dit l'être : Tournier, Sarraute, Echenoz, Toussaint...

Il indique le journal plié sous son bras :

– Mais là, je m'en vais faire une sieste avec *Le Monde* !

On entend la voix de Lætitia :

– François, je t'attends ! Dépêche-toi...

Son journal sous le bras, François ouvre les deux mains dans un signe d'impuissance, puis se dirige avec un sourire gêné vers l'escalier. Dans son dos, Camille lance ironiquement :

– Je te souhaite la meilleure sieste... du monde !

Elle se replonge dans sa lecture de *La Femme abandonnée*, cette nouvelle de Balzac dans laquelle une magnifique femme d'un certain âge voit son jeune amant la quitter pour une toute jeune, puis, une fois marié, s'en revenir vers elle. Mais la « vieille maîtresse » ne veut plus de l'infidèle, lequel, désespéré, se suicide.

Camille lit encore un peu, mais, bientôt, son regard quitte le volume ouvert pour errer songeusement sur le paysage. Est-ce que les hommes finissent fatalement par vous quitter pour un tendron ? Jean-Philippe serait-il mort à temps avant de lui infliger ce chagrin, ou, si l'on veut, cette humiliation ?

Surgit Hugues, tout agité, l'air inquiet :

– Vous n'auriez pas vu Edwards ?

– Non, répond Camille.

– Où peut-il être ? Je l'ai cherché partout.

– À la piscine, peut-être ?

– J'en viens.

– Alors à la cuisine : il a dû avoir soif, par cette chaleur...

– Il devait me rejoindre dans ma chambre. Il sait que j'y ai un petit réfrigérateur avec toutes les boissons qu'il aime...

– Il est peut-être allé s'acheter des cigarettes au village. Je me rappelle qu'il m'en a demandé, mais je ne fume pas...

– C'est sûrement cela. Merci, Camille, je vais aller l'attendre près du parking...

Hugues s'en va précipitamment en criant une ou deux fois : « Edwards ! Edwards... » comme un paon lançant son « Léon »...

À peine a-t-il disparu qu'à travers la vitre de la véranda, le regard de Camille est attiré par deux silhouettes qui se faufilent entre les buis ; c'est Edwards avec Jasmine. Ils se tiennent par la main, un peu courbés, on sent qu'ils craignent d'être aperçus : ils se dirigent vers la serre dont ils referment la porte sur eux.

Cette trahison-là, se demande Camille, à quoi faut-il l'attribuer : à la différence d'âge... ou de sexe ?

C'est au tour de Viviane de la débusquer de sa lecture. Dans son ensemble en jersey de soie mauve et blanc, la couturière tient un élégant carton imprimé à la main :

– Nous sommes tous invités au mariage de Roger Vincent !

– Qui est-ce ?

– Mon voisin, pour commencer, et puis toute une histoire... Je te la raconterai. Pour l'instant, il s'agit de songer à nos toilettes...

– Pour un mariage de campagne ?

– Plus sophistiqué que ça, tu meurs ! La cérémonie religieuse doit avoir lieu dans la petite église des Portes-en-Ré, qui en a vu de plus chics encore... Comme la fois où les présidents de Hennessy

– encore des voisins... – ont marié leur fille dans leur château près de Cognac. Tout le gratin *british* et parisien était là dans des toilettes de grands couturiers... Aux Portes, il y a même une calèche pour amener les mariés sous les vivats des gens du cru... tu sais, les villageois, comme au temps des aristos !... Je vais faire venir ma première !

– Pour quoi faire ?

– Eh bien, pour confectionner les robes que je vais nous créer ; à nous toutes : à toi, à moi, aux filles... Il faut que les Portinghalais et ceux d'ailleurs en aient plein la vue... C'est un cadeau à leur faire, non ?

En fait, se dit Camille, en vacances dans son manoir depuis quinze jours, Viviane commence à s'embêter ferme, elle a besoin de faire des robes, tout le temps, comme un peintre de peindre ou un écrivain d'écrire... M. Roger Vincent arrive à point nommé avec ses épousailles !

– Il faut que je me renseigne, pour la calèche. J'en parlerai à Roger...

Et Viviane, couronnée de son éternel chapeau, de partir en direction du téléphone en faisant claquer ses mules de cuir blanc.

La voici à son affaire, songe Camille ; elle aime organiser le spectacle, c'est sa passion, sans doute la seule, et elle y est passée maître !

Décidément, quel cadeau vient de lui faire Roger Vincent ! Mais qui est cet homme ?

C'est tout en dessinant des silhouettes empana-
chées – mariage oblige ! – sur un cahier quadrillé
que Viviane entreprend de raconter Roger Vincent
à Camille.

– Il est venu me rendre visite dans sa très vieille
Peugeot décapotable dès qu'il a su que j'emména-
geais à Tillac. Il m'a expliqué qu'il était mon voisin, que ses terres touchaient aux miennes, qu'il y
élevait des vaches et des moutons, et, sur l'instant,
au vu de sa tenue de velours côtelé et de ses grosses
bottes Aigle, je l'ai pris pour une sorte de gentle-
man-farmer. En fait, c'est un haut-fonctionnaire à
la retraite – je crois qu'il était à la Cour des comptes
ou au Conseil d'État, je confonds toujours... – qui
s'est replié sur ses racines terriennes... À l'époque,
sa mère vivait encore, lui était divorcé de sa première femme, veuf de la seconde, et j'ai vu le
moment où il allait me solliciter d'être la troisième... Erreur d'aiguillage : il n'avait pas l'âge qui
aurait pu me convenir pour le cas où j'aurais eu
envie de reprendre un amant...

– Quel âge a-t-il ?

– Eh bien... le mien ! ne t'ai-je pas dit qu'il était à la retraite ? Calcule... Donc, nous sommes devenus de bons voisins mitoyens, rien d'autre... Et puis sa mère est morte. J'étais à Paris : faire-part de sa part à lui... condoléances de ma part à moi... C'est en revenant ici que j'ai appris qu'il se consolait avec la jeune personne qu'il avait engagée pour s'occuper de sa mère, les derniers mois.

– Une jeune fille au pair ?

– Une aide-soignante. Quarante-cinq ans de différence d'âge, ce qui ne choque personne, mais une bien plus grande différence de fortune, et c'est ce qui fait jaser : on y voit l'intérêt gros comme le bras... Roger Vincent n'a pas d'enfant, un seul neveu peu présent... La fille a jeté ses filets au bon endroit sur le bon poisson... Tu préfères des manches longues ou des manches courtes ?

– Longues, bien sûr. Et, s'il te plaît, la jupe sous le genou, pas mini ni fendue...

– Ne t'inquiète pas, tu auras l'allure de ton âge, puisque tu y tiens tant ! Et je te mets dans un camaïeu de crêpe bleu ; ça te va ?

– Et toi, tu seras comment ?

– En jaune. J'adore le jaune, alors que je suis toujours en noir, comme tu sais. Mais pas pour un mariage. Là, on peut se lâcher... Toutes les filles seront en vert, chacune d'un vert différent... On ne verra que nous, et je ne veux aucun pantalon : rien que des jupes de toutes les longueurs. Je vois bien Jasmine en mini-mini, avec ses jambes de héronne : on verra sa culotte...

– La mariée en fera une jaunisse !

– J'espère bien, c'est fait pour ça ! Tu te rends compte : elle épouse ce brave homme uniquement pour son fric...

– Viviane, c'est lui qui l'épouse. Personne ne l'y oblige...

– En fait, elle a prétendu... elle prétend...

– ... qu'elle est enceinte !

– Oui !

– Non ?

– Si.

– L'enfant est bien de lui ?

– On s'en fout, et lui aussi : il va pouvoir jouer les jeunes pères. À cet âge-là, c'est tout ce qui leur importe. Il prend ça pour un cadeau du Ciel.

– Tu crois que tous les hommes sont comme lui ! Je n'arrive pas à y croire... Il y en a quand même qui sont...

– Quoi ? Raisonnables ?

– Qui savent qu'en amour l'âge n'entre pas en ligne de compte...

– Vraiment ? Donne-moi un exemple, si tu veux que je te croie...

– Eh bien, lis *La Femme abandonnée*, de Balzac, ou *La Vieille Maîtresse*, de Barbey d'Aurevilly...

– Ce sont des romans, et si c'est du roman, c'est que...

– ... ça n'est pas vrai ?

Viviane lève vers Camille son beau visage touché par le temps, ses yeux gris pétillent d'amusement ; mais la voix est mélancolique :

– Non, ma chérie, c'est parce que c'est exceptionnel, un homme qui reste par amour avec une femme plus âgée que lui, ou même de son âge. C'est rare... Regarde autour de toi !

« C'est vrai, se dit Camille, il n'y a pas que Roger Vincent à chercher un nouveau bonheur du côté des fruits verts ; il y a aussi François avec sa Lætitia, Hugues et son Edwards... »

– C'est pourquoi, ma belle amie, je te conseille vivement, à toi aussi, de te tourner vers les jeunes hommes... Tiens, ce petit Frédéric : il a téléphoné, il voulait passer nous voir – *te* voir, je présume ! –, je l'ai invité à dîner... Ne laisse pas les petites te le chiper, ce serait trop bête ! Je vais te prêter ma robe d'organza rouge pour ce soir ; mince comme tu es en ce moment, tu les enfonceras toutes... Crois-en ta vieille couturière !

– Et pourquoi il ne viendrait pas *pour toi*, ce jeune homme ?

– Parce que moi... Eh bien, moi, je suis mariée avec mes robes au point que... Tu ne le diras pas ?

– Non.

– Il m'arrive de coucher avec !

Et d'éclater de rire.

La vérité étant, elles le savent toutes deux, qu'une femme, quelle qu'elle soit, quoi qu'elle dise, attend toujours l'amour.

Pour le surlendemain.

La semaine précédant le mariage, histoire de prendre la mesure des lieux où est censée se dérouler la cérémonie, Viviane invite tout son monde à une virée sur l'île de Ré. Roger Vincent et Floriane, sa « future », doivent en être. Il fait un temps de rêve, sans un nuage, un peu chaud peut-être, mais certaines des voitures sont climatisées, et, pour son compte, la mer atlantique l'est toujours... « On se baignera », avait dit Viviane sans préciser qui ce « on » englobait.

Il est près de quinze heures quand la file des voitures se range en désordre le long de la célèbre conche des Baleines, et, à travers les pins, le petit groupe se dirige vers la plage.

François s'approche de Camille qui chemine sur un sentier :

– Tu te souviens du jour où on l'a découverte, cette conche : on faisait du camping sur la côte et on a cru...

Il n'a pas le temps de terminer sa phrase, Lætitia accourt en combinaison de plongeur, une planche de surf sous le bras :

– Tu viens, François ? Il y a des vagues géniales...

Il a été prévu que chacun emporterait son costume de bain, Théodore se chargeant des serviettes et de l'équipement complémentaire : palmes, planches... La mer, ici, quoique fraîche, vaut le plongeon.

François, qui tient un boxer-short à la main, ne semble pas pressé de l'enfiler, il fait mine de suivre la jeune femme sur la plage, puis, comme s'il avait enfoncé son pied dans un trou, trébuche et se laisse tomber sur le sable en se tenant la cheville.

– Qu'est-ce que t'as ? demande Lætitia avec impatience.

Elle a envie de son plaisir, mais aussi d'épater son amant dans un domaine, le surf, où elle se sait supérieure à lui – en dehors de celui de l'âge, il y en a peu !

– Je crois que je me suis foulé la cheville, mais vas-y, ne m'attends pas !

Agacée, Lætitia prend le pas de course vers la mer, s'y jette et nage vers le large, en tirant sa planche derrière elle.

Toujours assis dans le sable, François a lâché sa cheville.

Viviane se laisse tomber près de lui.

– Moi, dit Viviane, j'ai abandonné le sport il y a plus de vingt ans... Alors que j'aime tant la jeunesse à la maison, dès qu'on est sur un terrain de sport, elle me fatigue !

86

À ce moment, Edwards, Jasmine, Frédéric, qui se sont rapidement baignés dans l'eau fraîche, reviennent en courant de la mer et, par jeu, les éclaboussent.

– Tu vois ce que je veux dire, lâche Viviane. Nous ne jouons pas dans la même catégorie !

Elle lève le bras pour se garer de l'eau et du sable. Les jeunes arrêtent de chahuter et s'allongent tranquillement au soleil, presque nus ; leurs corps sont fermes, élastiques, éblouissants.

– C'est qu'ils sont beaux ! sourit François. Cela me change de ce que je vois à l'hôpital...

– On peut admirer sans consommer ! énonce Viviane. Crois-moi, c'est plus sain !

Camille les rejoint, elle tient à la main des cornets de crème glacée qu'elle leur tend.

– Il y a un type qui en vend, avec des chichis, près du blockhaus...

– Ah, tu veux dire l'étron que les Allemands nous ont laissé en souvenir..., lance Viviane, méprisante.

Werner Schrenz, qui est venu s'asseoir près d'elle, proteste :

– Ne dites pas « les Allemands », madame Vanderelle, dites « les nazis », ce n'est pas la même chose...

– À une certaine époque, ça l'était. De même que tous les Français – ou presque – étaient collabos ou passifs, maintenant tout le monde a résisté, fût-ce en secret... Une attitude qui aide sans doute à finir de cimenter la nouvelle amitié franco-allemande : personne n'a rien commis pendant la guerre, ce blockhaus a dû se construire tout seul, ou alors c'est la mer qui l'a apporté à la faveur d'une grande marée...

François a les yeux sur l'horizon.

– Ce que je recherche dans la jeunesse, murmure-t-il, c'est sans doute la mienne !

Camille lui sourit :

– Moi je te trouve mieux maintenant...

– Mieux comment ?

– Plus conscient de l'existence d'autrui...

– Tu as raison, Camille ; ce doit être de cela que je souffre... J'étais plus heureux dans ma belle indifférence. Comme ils le sont, eux ! Regarde-moi cette bande : ils ne s'occupent que de vivre l'instant, et, à leurs yeux, un copain vaut l'autre !

– Les imprévoyants ! Cela donne envie de leur chanter la chanson de Gréco... dit Viviane.

– « *Fillette, fillette, ce que tu te goures...* », chantonne Camille.

– Exactement. Ce serait amusant de pouvoir passer la vie de chacun de nous à l'accéléré, continue Viviane. Un jour on a dix ans, le lendemain, vingt, et en moins de temps que Dieu n'en a mis pour créer le monde, on est devenu un croulant...

– Et alors, proteste Werner, cela n'empêche pas d'aimer !

– D'aimer qui ? demande Viviane, qui semble soudain intéressée.

– Eh bien, nous !

– Nous-même ? Chacun s'aimant soi ?

– Mais non, madame, vous pouvez bel et bien m'aimer, et quant à moi, j'aime, et c'est vous...

Viviane éclate de rire :

– Un Allemand qui marivaude, dois-je en croire mes oreilles ? Venez, les enfants, j'en ai assez de ce vent, de ce soleil, de ce sable, j'en ai assez de tout ! Je rentre, et qui dit m'aimer me suive !...

– Présent ! s'écrie Frédéric qui, revenu de sa baignade en solitaire, se rhabille. Je viens de découvrir que je n'ai plus l'âge des pâtés de sable ; je préfère parler au sec et à l'ombre avec vous, belles dames...

Dans la limousine, autour de Viviane se serrent Camille, Werner, Frédéric et aussi François. Il a décidé de laisser la décapotable à Lætitia, laquelle continue à surfer d'une vague sur l'autre.

La voiture repart en direction du pont quand, sur la piste cyclable qui longe la route, ils aperçoivent Floriane roulant à contresens à toute allure. La voiture ralentit pour lui faire signe et la jeune femme les salue, un bras levé.

Quelques centaines de mètres plus loin, on reconnaît la silhouette piteuse de Roger Vincent, à vélo lui aussi. On sent qu'il n'en peut plus, d'ailleurs il vacille en apercevant la voiture.

– Arrêtez-vous, dit Viviane au chauffeur Théodore. Frédéric, pourriez-vous prendre la place de ce pauvre pédaleur...

– Tout à fait, dit Frédéric qui bondit hors de la voiture, retire le vélo des mains de Roger, lequel traverse la route pour s'affaler dans la voiture.

Viviane lui dispose un coussin sous la tête, l'évente et lui tend un verre d'eau :

– Allez, remettez-vous !

Le véhicule redémarre.

Roger, les yeux fermés, la respiration encore courte, susurre :

– Viviane, je vous adore : épousez-moi...

Elle secoue la tête en baissant le store pour le protéger du soleil.

– Je préfère être votre mère, mon cher, ou votre sœur aînée...

– N'est-ce pas la même chose, à nos âges ?

– Il y a une petite différence.

– Laquelle ?

– Si j'étais votre femme, vous me tromperiez – la preuve : vous en avez une autre en vue –, or j'ai horreur d'être cocue ! Mauvais pour le teint...

– Viviane, je vous jure qu'avec vous...

Il s'est endormi.

– Tu devrais peut-être lui donner sa chance... et à toi aussi, remarque Camille. Il est encore temps pour lui de décommander Floriane ; avec une indemnité, je suis convaincue qu'elle s'en arrangerait... Je crois que Roger est mûr pour se ranger...

Viviane sourit mystérieusement.

– Mais moi, je ne le suis pas !... Sur ce point, la vie est déconcertante : pour certaines choses on est encore trop jeune, pour d'autres pas encore assez vieux...

– À quel moment serez-vous assez vieille pour accepter un vieux monsieur ? demande Werner. Je tiens alors à être celui-là !

Viviane lui tapote la main :

– Vous savez quoi, l'Autrichien ? Vous êtes adorable... Je vais vous inscrire sur mon carnet de bal !

Conformément au désir de Roger Vincent, le mariage civil a lieu discrètement dans la petite mairie de son bourg.

À l'heure dite, tout le monde est en place, sauf l'épousée. Le marié, à demi tourné vers la porte, a l'air légèrement anxieux. Viviane lui fait un geste affectueux de la main tout en chuchotant pour Camille :

– Roger a tort de s'en faire : elle ne laisserait pas sa place contre un boulet de canon, comme on le chantait dans mon adolescence...

Le maire consulte ses papiers avec ostentation pour manifester son agacement d'être aussi peu respecté. Enfin l'épousée arrive, essoufflée, vêtue d'un mini-short – en fait, une culotte de satin bleu acier –, d'un soutien-gorge de dentelle et de cuissardes rouges sur sa peau nue.

Légère commotion dans une assistance qui pourtant en a vu d'autres.

Le marié, lui, baigne dans le ravissement.

– C'est toi qui as fait sa robe ? demande Camille à Viviane.

– Où vois-tu une robe ? dit Viviane, hautaine.

Pour ce qui est du mariage religieux – Floriane y tient pour cause de robe blanche ! –, il doit avoir lieu comme convenu aux Portes-en-Ré, le petit village du bout de l'île de Ré où, l'année précédente, la jeune fille a passé l'été comme aide-soignante d'une riche estivante. Venir se marier là en grande pompe représentait, pour Floriane, une sorte de revanche. Pour les autres, une distraction amusante, l'une de ces équipées sans risque qui ne mettent en danger que les portefeuilles – et comme c'est Viviane qui règle tout, aucun problème !

Pour se déplacer avec tout son bataillon à une centaine de kilomètres de là, la couturière n'a d'ailleurs pas lésiné. Théodore a été chargé de louer plusieurs voitures pour compléter l'escadrille qu'abrite le garage. De toutes marques, à la demande expresse de Viviane qui trouve le disparate plus amusant que l'uniforme : « Tout ce qui pousse à écarquiller les yeux en tous sens fait spectacle : ce qu'a compris Galliano... »

Le majordome a donc retenu un quatre-quatre, trois décapotables, un break et même deux petites *Smart*, l'une jaune et noire, l'autre rouge et noire, tels de jolis insectes.

Les chauffeurs occasionnels, filles et garçons, se sont attribué les véhicules en fonction de leur aptitude à les conduire mais aussi selon leurs goûts... Les jeunes femmes en apparence les plus fragiles, telles Jasmine et Lætitia, se sont précipitées sur le quatre-quatre et le break, tandis que les garçons se faisaient une joie de caracoler en Smart...

Viviane, elle, a préféré s'installer dans sa limousine admirablement climatisée et non moins admirablement pilotée par Théodore. Elle y a convié Camille et Werner. En somme, les « vieux »...

Dès la sortie de Tillac, il a été convenu que les voitures se suivraient autant que possible en convoi, quitte à s'attendre à l'entrée du pont de Ré au cas où les aléas de la circulation sur l'autoroute des Oiseaux et la voie expresse les auraient dispersés. L'important étant de faire une entrée triomphale dans les Portes, à la façon des caravanes de cirque, avant d'aller se garer sur les deux ou trois parkings alentour.

Les voitures progressent en file continue quand, soudain, à l'horizon, c'est le pont de l'île de Ré !

– Quelle ligne ! s'exclame Viviane tandis que sa limousine s'engage en tête du cortège pour franchir les trois kilomètres des courbes si aériennes du pont.

La couturière s'est installée dans le fond de la voiture entre Camille et Werner Schrenz, et jusque-là la conversation a roulé sur ce qui rapproche les Autrichiens des Français. D'après eux, le goût de l'art et d'une certaine beauté baroque...

– L'important, c'est la valse..., finit par lancer Viviane en parodiant la rose de Béart.

Leur grosse voiture est suivie de près par la petite décapotable que s'est attribuée François Maureuil, lequel a coiffé une casquette de cuir avec oreillettes tout en arborant de grosses lunettes noires. À ses côtés, Lætitia, ses longs cheveux au vent, se juche sur le bord de la voiture pour mieux jouir de la superbe traversée du bras de mer qu'on domine du haut des arches.

Les autres véhicules forment une sorte de serpent bigarré qui intrigue les habitants des villages, franchis à vitesse respectueuse.

Près de trois quarts d'heure plus tard, après avoir salué de loin l'apparition du clocher noir et blanc d'Ars-en-Ré, le cortège débouche dans le village des Portes peuplé d'estivants, lesquels se rangent sans se presser pour laisser passer l'équipage.

La gendarmerie, prévenue, autorise et protège l'avancée des voitures sur la place centrale, autrement piétonnière. La volte que s'autorisent les voitures autour de l'arbre de la Liberté (défendu par sa grille depuis que son prédécesseur a été massacré par des sauvages) finit d'attirer un public de plus en plus amusé. Les consommateurs, les tenanciers, les commerçants sortent des cafés, des maisons, du tabac, des boutiques de vêtements et de colifichets. En fait, la plupart étaient en attente, car on leur avait annoncé un mariage de « Parisiens », autrement dit du spectacle...

Et cela commence bien !


Après ce premier tour de piste, Viviane demande à Théodore de stopper afin que les passagers des voitures puissent en descendre et se regrouper à quelque quarante mètres de l'église dont les cloches se mettent à sonner.

Il était prévu que les chauffeurs garent leurs véhicules sur la place de la Françoise toute proche – le charme d'un village étant que tout s'y trouve à touche-touche... – pour vite s'en revenir vers leurs cavalières.

C'est alors que le génie de Viviane éclate aux yeux de tous : si la grande styliste a voulu des tenues différentes pour chacune des participantes à la noce, elle a toutefois établi un lien subtil entre chacun des modèles, en fait une harmonie qui va dans le sens de la fête – un mariage – tout en s'accordant à la claire beauté des lieux. Ce frais et même naïf décor de maisons basses, blanchies de neuf pour la saison nouvelle, aux toits de tuiles roses, aux volets verts ou bleus contre lesquels, ici et là, se détachent les hautes tiges des roses trémières à leur apogée.

Un jaillissement merveilleux comme on n'en rencontre que dans les contes de fées, les films de Walt Disney, sur les podiums de la haute couture ou lors de la reconstitution de fêtes royales à Versailles...

Sans oublier que la plupart des membres de ce cortège sont jeunes et beaux. Des photographes amateurs surgissent, alléchés, et se mettent à mitrailler. Une aubaine pour eux : aucun journaliste n'a été convié.

Hugues, abrité sous un élégant panama, cadeau de Viviane, flashe lui aussi sur l'entourage, du côté de son cher Edwards, lequel fait le paon – si l'on peut dire, s'agissant de quelqu'un en queue-de-pie gris pâle !... Car Viviane a voulu que les garçons soient surhabillés pour accompagner comme il convient les filles stylisées par ses soins.

– Viviane, s'exclame Camille, une fois tout le monde regroupé, c'est de la magie ! Je ne me rendais pas compte de ce que tu tramais, entre ta première et son ouvrière... Tu nous avais interdit d'aller voir...

– Il fallait que ce soit une surprise, sourit Viviane.

Comme dans les grandes maisons, la couturière a fait en sorte que chaque modèle soit confectionné dans le secret d'une pièce du manoir transformée en atelier, et n'en sorte que sous housse.

– Tu sais, la couture, c'est l'effet... Et un effet, cela se prépare, se travaille : dès son apparition, c'est réussi ou raté.

– C'est plus que réussi : c'est génial ! Le public est enchanté. Même les Parisiens, d'habitude blasés, en restent bouche bée... Mais où sont les mariés ?

– Regarde là-bas !

Au bout de la grand-rue débouche un cheval noir somptueusement harnaché ; il tire une calèche dans laquelle se prélasse, tout tulle au vent comme une voile de navire, une mariée enfouie dans une immense robe à volants.

Elle s'y trouve seule, car avant le mariage il ne convient pas que les futurs époux voyagent ensemble. En l'occurrence, on finit par découvrir le marié, dissimulé derrière la calèche qu'il suit à quelque distance, en queue-de-pie noire et... à bicyclette !

Un décalage qui transporte de joie les badauds comme les gens du cortège.

Tous rient, sauf François Maureuil, devenu songeur et qui s'approche de Camille pour lui chuchoter :

– Je n'aimerais pas me retrouver à pédaler derrière ma future... Cela me paraît de mauvais augure pour la suite, ne penses-tu pas ?

– Pour Vincent, ce doit être une bonne façon de prouver qu'il est encore jeune, non ?

– À propos d'« encore », tu n'as jamais été aussi belle...

Camille se retourne pour lui faire face :

– Ça alors ! Tu ne m'avais « encore » jamais dit que je l'étais !

– Eh bien, c'est fait. À journée d'exception, parole d'exception...

Comme toutes les cérémonies, celle-là paraît longue aux non-concernés qui rêvent de se retrouver au soleil, un verre à la main, et trop courte aux mariés qui désirent savourer le plus longtemps possible ces minutes que le prêche du curé s'efforce de rendre le plus solennelles possible ; les mots « pour toujours », « à jamais », « fidélité éternelle » ne cessant de revenir comme autant de salves tirées par la phalange des anges...

Enfin l'officiant marmonne en guise d'*Ite missa est* un « Allez en paix ! » qui réjouit tout le monde, et esquisse le signe de la croix pour une ultime bénédiction.

Les anneaux ont été échangés et Roger Vincent, ne trouvant plus rien à faire, reste figé, debout aux côtés de sa si jeune femme, quand Viviane, qui est son témoin, lui lance de sa voix forte : « Mais embrasse-la, nom de Dieu ! »

Roger sursaute, puis s'exécute, et chacun de pousser des « oh » et des « ah » comme si, jusquelà, on n'avait encore jamais vu deux personnes s'embrasser... Pourtant de Roméo et Juliette à

Roxane et Christian, voire à de plus récents, comme Diana et Charles, certains baisers sont passés dans la légende ; mais, si l'on veut bien y réfléchir, ce furent tous des baisers annonciateurs de tragédie, ce qui a sans doute contribué à les rendre inoubliables...

Pour l'heure, le baiser de Roger et de la jeune Floriane ne semble rien laisser présager de semblable et annonce au contraire du bon : la sortie en grande pompe de tout le cortège qui se dirige droit vers la place de la Liberté où des tréteaux ont été dressés par les deux cafés-restaurants, avec verres et boissons. Et tout le monde d'y courir se désaltérer tant il fait soif.

Là encore, les photographes amateurs s'en donnent à cœur joie, car rien n'est plus joli que ces robes dans tous les tons de vert, qui tranchent sur les costumes écrus ou gris pâle des hommes. Seul le marié est en noir, ainsi que l'a suggéré Viviane. Quant à la robe de la mariée, là encore sur les conseils de Viviane, qui pourtant ne l'a pas créée, sa blancheur immaculée est soulignée au torse et au bas des manches par un laçage rose vif : une sorte de clin d'œil charnel...

Avec son voile de tulle au vent, Floriane se précipite sans retenue sur le champagne – alors que ceux qui doivent conduire se rabattent sur le jus d'orange et le Coca-Cola –, ce qui fait que sa gaieté de jeune mariée monte de minute en minute. Sa coupe à la main, elle va d'un groupe à l'autre, en fait d'un garçon à l'autre, tournoyant aussi vite que le lui permet sa jupe, laquelle, si elle comporte une traîne à l'arrière, ne descend pas au-delà du genou par devant.

Une mariée poupée, comme ces figurines en sucre qui ornent les gâteaux de noces. Cela fait sourire les spectateurs, mais pas son mari qui la suit d'un œil empreint de ce qui peut paraître comme de l'amour, mais qui trahit plutôt son inquiétude... C'est François Maureuil, clinicien de métier, qui en fait la remarque :

— Que craint-il ? demande-t-il à Viviane.

— Qui ça ?

— Mais le héros du jour, l'heureux époux du tendron !

— Qu'a-t-il à redouter sinon du plaisir au lit ?

— Je te parle de son tremblement : il a peur d'être trompé, et vois toi-même, cela commence déjà !

En effet, Louison, l'un des plus beaux top-modèles, réputé celui-là pour aimer les femmes quel que soit leur âge – on ne dit plus « gigolo », de nos jours, mais c'est ce qu'on sous-entend par là –, l'a prise par la taille, puis juchée sur son épaule afin qu'elle puisse lancer en direction de l'assistance le bouquet blanc qu'elle tient encore à la main.

Joli rite auquel le marié, à son vif dépit, n'est pas associé.

C'est Lætitia qui reçoit le bouquet – en fait, qui saute pour le saisir au vol comme une bonne joueuse de hand-ball qu'elle est. Puis la jeune fille se dirige droit vers François Maureuil en agitant sa capture :

— Tu sais ce que cela veut dire ?

– Non.

– Que je vais me marier dans l'année !

– Eh bien, je t'en félicite... d'avance !

Le ton est froid, ainsi que le remarque Camille. Mais que pense-t-il, que pense-t-on, que peuvent bien penser les célibataires, les veufs, les divorcés lors du mariage d'autrui ?

Cela bourdonne à l'intérieur d'eux comme un essaim d'abeilles en plein essor qui se cherche une ruche...

La réception pour le mariage doit se donner chez le marié telle que celui-ci l'a prévue et organisée de longue date. Il la veut mémorable : toute la maisonnée de Viviane y est conviée, plus des connaissances de la région, des relations proches ou même lointaines, en tout près de deux cents personnes.

Dans sa belle maison saintongeaise toute en longueur, deux somptueux buffets sont dressés, l'un dans le grand salon, l'autre sous l'immense chapiteau blanc et bleu érigé sur la pelouse. À l'un sont offerts les plats régionaux – fruits de la mer, brochettes de mouton, volailles, galettes et brioches charentaises –, l'autre est garni de plats de toutes origines et nationalités, du caviar à la choucroute, des macaronis au foie gras, à la charcuterie, des fruits exotiques aux pâtisseries orientales, etc.

Les boissons sont tout aussi variées : du vin au champagne, du pineau au whisky et au cognac en passant par le cidre, le rhum, la vodka. Sans compter les cocktails du barman, les eaux minérales, le thé glacé, le Coca-Cola...

– On ne risque pas de manquer ! s'exclame

Viviane qui profère généralement tout haut ce que les autres pensent tout bas. C'est à croire que ce malheureux Roger ne sait pas choisir, ni surtout éliminer : il vous flanque trop de tout ! Tiens, je propose un jeu : qu'est-ce qui manque quand même ici, qu'on puisse avoir le plaisir de réclamer ?

— De l'eau de source, peut-être ? s'aventure François Maureuil. Je ne vois que de la minérale...

— Et vous, Werner, que vous manque-t-il : un pâté de pommes de terre pour accompagner la choucroute ?

— Par cette chaleur, sûrement pas ! Mais je boirais volontiers de la gueuse.

— On va voir ça. Et toi, Camille, ton souhait ?

— Un jus de légumes pressés, peut-être, concombre ou céleri, et un peu plus tard du champagne... il me semble que je n'en ai pas bu depuis... eh bien, depuis que Jean-Philippe est tombé malade...

— Je vais vous en chercher tout de suite, dit Frédéric qui ne la quitte pas des yeux tant sa blondeur rayonne. Le cognac, ce sera pour plus tard... J'ai apporté du Lanzac, juste pour vous et moi : une bouteille rare, vous verrez...

Deux pistes de danse sont également aménagées, l'une à ciel ouvert, près de la piscine, l'autre sous la vaste véranda pour préserver les danseurs de l'humidité nocturne. Des projecteurs illuminent doucement les alentours, et deux orchestres invitent l'un aux blues, valses lentes, tangos et autres langueurs, tandis que le second se voue aux danses syncopées : rock, bossa-nova, macarena, et c'est là que vont droit les jeunes gens.

Viviane, qui a revêtu une tenue de dentelle noire à volants éclairée d'une énorme fleur rouge constellée de strass, se laisse tomber sur une balancelle, tandis que Werner tire un fauteuil de rotin pour s'asseoir auprès d'elle.

– Vous ne voulez pas partager ma balançoire, monsieur l'Allemand ?

– Je crains trop que mon cœur n'y résiste pas...

François Maureuil s'est approché :

– Il a raison, Viviane : être trop près de toi peut donner le vertige ! C'est la mise en garde du médecin.

Viviane hausse les épaules :

– Vous devez avoir le pied marin, tous tant que vous êtes ! Il y a longtemps que plus personne ne me paraît tanguer à ma vue... Tiens, le camp des nudistes !

Quelques-uns des jeunes gens viennent de surgir en caleçon ou en slip pour se ruer vers la piscine qui jouxte la maison. Il est à peine neuf heures et le soleil n'est pas encore couché. Curieux mélange que ces individus presque nus mêlés aux autres en habits de noces...

– On se croirait sur le tournage d'un film de Fellini, s'exclame Camille, avec d'autres qui auraient lieu en même temps sur des plateaux voisins. Vont-ils finir par se mélanger ?

– ... l'acteur porno se retrouver dans la comédie

sentimentale ? Ce serait alors du cinéma hyperréa-
liste...

Roger Vincent s'approche d'eux en s'épongeant.
L'émotion, la grosse chaleur – il est en sueur :

– Vous avez tout ce que vous désirez ?

– Oui ! s'exclame-t-on poliment.

Il n'y a que Viviane pour taquiner leur hôte :

– Que sais-tu de ce que je désire ? Moi-même,
je l'ignore... Ah si : j'aimerais que tu ouvres le bal
avec ton épouse... Fais-nous ce numéro ! Je suis
venue pour ça...

– À condition que tu danses ensuite avec moi !

– Promis, si elle te laisse quelque force...

Viviane ne pensait pas si bien dire : Roger a pris
Floriane par la main et l'orchestre, voyant le couple
venir, ralentit le rythme pour jouer une ouverture
de bal ! Mais, au bout de quelques tours de piste,
Floriane fait signe aux musiciens qui attaquent un
rock serré – et il ne faut pas longtemps à Roger
pour rater un pas, puis un autre, lâcher la main de
son épouse et se retirer au bord de la piste en se
comprimant la poitrine.

– Un peu tôt, pour l'infarctus ! lâche Viviane
qui, compatissante, lui fait signe de venir la
rejoindre sur la balancelle. Dur, dur, la vie de jeune
homme... Et ce n'est qu'un début, mon bel ami...

Roger cherche à se justifier :

– C'est normal, Floriane a l'âge de danser, je ne
l'en empêcherai jamais ! Chacun son rôle : elle
danse, et moi...

– Et toi, tu regardes ?

– Moi, je suis l'organisateur des plaisirs : les

siens, les miens, les vôtres. Le meilleur rôle, peut-être...

– Vous y réussissez parfaitement, Roger ! dit Camille pour le réconforter. Tout est génial aujourd'hui, vous nous gâtez et nous vous en remercions...

Roger retrouve une sorte de sourire en même temps que son souffle, et se laisse aller sur les coussins.

– Et ma danse ? lance Viviane, impitoyable. Tu m'as promis...

– Dans quelques minutes, ogresse !

– Il fera nuit.

– Ça n'en sera que plus romantique, non ?

– Voulez-vous danser avec moi, madame ? propose alors Werner en se levant et en se pliant en deux devant Viviane.

– La valse autrichienne, je présume ?

– Ce qu'il vous plaira...

– Alors un blues, l'orchestre sous la véranda s'y entend...

– *Strangers in the night... Cheek to cheek...*, la potion magique pour soirs d'été, ironise François. Et toi, Camille, que préfères-tu ? Rock ou blues ?

– Rien pour l'instant. Je me souviens d'autres soirs d'été...

– Moi aussi...

Et François pose sa main sur celle de Camille, quand Lætitia surgit.

– François, viens vite, je veux danser un tango avec toi !

François hésite, regarde Camille qui se contente

de sourire, puis suit la jeune femme sur la piste bleue.

C'est au tour de Frédéric de se rapprocher de Camille :

— Vous voulez danser ?

— Je viens de refuser. Il fait encore si chaud, je ne tiens pas à me retrouver en sueur... Mais allez-y...

— Sans vous, non ! dit Frédéric en se laissant aller sur le fauteuil qu'a déserté Werner pour valser avec Viviane.

— Vous ne trouvez pas qu'ils forment un beau couple, ces deux-là ? dit Camille en les désignant.

— C'est nous qui les trouvons assortis, mais eux, qu'en pensent-ils ? Votre amie me paraît rechercher tout, sauf l'harmonie...

— Qu'en savons-nous, Frédéric ? Les âmes ont leur secret et les cœurs leur mystère...

— Un soir pareil, la mienne, d'âme, me souffle de m'installer à vie parmi les fûts de ma tante... Je deviendrais rond et enveloppé de toiles d'araignées, comme eux...

— L'été en Saintonge est divin, mais l'hiver, c'est comment ?

— Comme dans la campagne maritime : feux de bois, marches accélérées avec virées sur les plages désertes... Venez passer Noël à Lanzac, vous en jugerez !

Quand François revient, il est en nage, tandis que Lætitia reste à se déchaîner parmi les plus jeunes, dont quelques enfants de treize à quinze ans. Le chirurgien se laisse tomber sur un fauteuil. Il est manifeste qu'il n'en peut plus et que sa défection l'irrite...

– Pourquoi ne dansez-vous pas ? jette-t-il d'un air hargneux à Frédéric. C'est de votre âge !

– Parce que je suis fatigué, ce qui est aussi de mon âge, vous devriez le savoir, doc ! Les jeunes se traînent de nos jours... Quant à elle, je lui interdis de m'abandonner, vu mon état de jeunesse avancée ! ajoute Frédéric en posant sa main sur l'avant-bras de Camille, qui lui sourit.

Hugues, dans une tenue de lin blanc assorti à l'argenté de ses cheveux, s'est assis à l'écart sur le petit muret de la piscine d'où il dévore des yeux Edwards en train de danser un rock endiablé avec Jasmine. De temps à autre, il se lève pour aller quémander de la vodka à l'un des barmen, puis s'en retourne à son poste de guet, le verre à la main.

– On peut souvent juger de l'âge des gens à la façon dont ils dansent ! remarque Camille.

– Vite ou lentement ?

– Pas seulement : plus ils sont jeunes, voyez ces ados, plus ils se déhanchent, se désarticulent, se morcellent... tenez, comme l'ancêtre de Michael Jackson, celui qu'on surnommait « Valentin le désossé ». On dirait qu'ils sont faits de pièces détachables, qui vont se détacher...

– Pour mieux se rigidifier avec le temps d'après vous ?

– Je ne vous le fais pas dire : des blocs... Ce qui peut inquiéter pour après.

– Quoi, après ?

– Eh bien, éventuellement le lit, non ? Qui a envie de coucher avec un poteau télégraphique ?

– C'est fou comme les femmes qui ont l'air le plus sage sont justement celles qui ont l'imagination la plus scabreuse... Danser devant vous, si je comprends bien, c'est passer un test de futur amant. Alors je fais bien de m'en dispenser ! éclate de rire Frédéric.

– Hypocrite ! Je vous vois regarder les filles en mouvement, et ce n'est pas que par plaisir esthétique !

– Les hypocrites, ce sont elles... Elles font semblant de danser pour elles-mêmes, mais en fait, elles nous proposent une vraie danse du ventre... Regardez Floriane et Jasmine : c'est deux appels au...

– Viol ?

– Appelez ça comme vous voulez... Reste que moi, cela me refroidit. J'aime être surpris et qu'on ne m'ait pas déballé toute la marchandise à l'avance... Voilà qui me pousserait à faire l'éloge du foulard islamique !

– Vous datez, Frédéric. Aujourd'hui, l'époque est au tout, tout de suite...

– Je date ? Enfin vous m'accordez l'âge de vous plaire !

– Et moi, alors ? proteste François qui écoutait sans rien dire. J'en suis où, côté séduction ?

– Toi, lui dit Camille, tu n'as et tu n'auras que ce que tu mérites !

Serait-ce une énigme ? Un refus de répondre ? Une prédiction de pythie ?

Lentement, comme les soirs où le ciel, dégagé, passe du rose à l'orangé puis au rose pâle, puis au gris tourterelle, la nuit a fini par tomber. L'orchestre des blues semble avoir baissé le ton, et, parmi les couples qui dansent, il y a maintenant Camille et Frédéric. Sur la même piste bleue, Edwards et Jasmine restent enlacés sous le regard de Hugues, comme fasciné. Il est vrai qu'ils sont beaux ensemble, dans leur contraste racial : Edwards, l'Écossais à la peau très blanche, d'un blond accentué par la décoloration, Jasmine noire de cheveux et brune de peau, comme le veut son ascendance marocaine.

Quant aux tout jeunes, ils continuent de s'ébattre dans la piscine, sous la lumière des nombreux projecteurs dont certains éclairent le fond de l'eau. Lætitia s'extirpe du bassin à la force de ses avant-bras, drape sa nudité dans une serviette de bain, s'essuie le visage et les cheveux peu avant de se diriger vers François qu'elle tire par la main :

– Allez, viens ! L'eau est délicieuse !

– Je n'ai pas de maillot !

– On n'en a pas besoin, il fait nuit !

– Je n'aime pas me mouiller la nuit...

– Alors, qu'aimes-tu faire ? Dormir ?

– Entre autres choses... Mais retourne barboter avec tes petits copains...

Lætitia hausse les épaules et laisse tomber sa serviette sur le sol avant de replonger, toute nue, dans la piscine.

Viviane, qui a repris sa place sur la balancelle, parle avec le marié :

– Que veux-tu que je te dise, mon petit Roger, tu l'aimes ! Mais avais-tu vraiment besoin de l'épouser ?

– Elle m'a mis le couteau sous la gorge. Ou c'était le mariage, ou elle partait avec...

– Avec qui ?

– Mon neveu ! Il était venu pour l'enterrement de ma mère, et ils ne se sont pas quittés des deux jours...

– T'inquiète... Elle fera les deux !

– Viviane, comment peux-tu me dire ça, le soir de ma nuit de noces ?

– Elle est à l'eau, ta nuit de noces !

De fait, Floriane, hélée par Lætitia, s'est prestement extirpée de sa robe de mariée, laissée en tas sur la pelouse, pour se précipiter, nue elle aussi, dans la piscine, entourée de jeunes gens empressés de l'éclabousser. Aspergée de tous côtés, la jeune mariée pousse des cris d'excitation !

Frédéric, qui danse toujours avec Camille, lui murmure à l'oreille :

– Voulez-vous m'épouser ? J'ai une folle envie de me marier avec vous. Nous ferons ensemble plein de beaux petits cognacs...

– Je me sens trop jeune pour faire une fin avec un jeune homme ! répond Camille. Mais, dans vingt ans, je ne dis pas...

Frédéric se met à rire et l'enlace plus étroitement,

tandis qu'elle passe les bras autour de son cou et pose la tête sur son épaule.

Qu'on est bien dans les bras d'une personne du sexe opposé...

N'est-il pas vrai ?

Peu avant l'aube, l'air cesse d'être étouffant pour dispenser un peu de fraîcheur et aussi cette humidité que le monde végétal réclame et qu'il lui faut vite emmagasiner pour faire face à l'encore chaude journée à venir.

La plupart des invités sont rentrés chez eux. Ne restent que Viviane et son groupe.

Les uns après les autres, les jeunes s'extraient en frissonnant de la piscine, ou s'en éloignent pour revêtir l'un des nombreux peignoirs mis à leur disposition par Roger Vincent. Achetés en nombre aux galeries du coin, ils sont tous blancs, ce qui fait rire Viviane :

— Regarde-moi ces pingouins, on se croirait dans un établissement de thalasso : impossible de distinguer quelqu'un de quelqu'un d'autre...

— Sauf quand on est amoureux, corrige François. Il me semble que ton ami Hugues ne perd pas de vue son bien-aimé Edwards, il n'est que de suivre son regard pour le pister. Quant à Roger Vincent... Mais où est-il ?

Effectivement, le marié a quitté le fauteuil où il

s'était à moitié assoupi, il n'est plus nulle part, ni aux alentours de la maison ni dans les salons.

– Il a dû regagner la chambre nuptiale, dit Viviane, pour se préparer à ce qu'il lui reste de nuit de noces... D'autant que la mariée a l'air de terriblement en vouloir !

– Laquelle est Floriane ?

– La blonde qui se trémousse, peignoir dénoué, sur la terrasse...

Il va bien falloir qu'elle arrête sa sarabande : les musiciens remballent ; ne joue encore que le pianiste qui va devoir stopper lui aussi en laissant le quart-de-queue sur place.

– Alors la petite n'aura d'autre ressource que de rejoindre son nouvel époux...

– Que tu crois !

De fait, pas plus tôt le dernier musicien parti, Floriane, battant des mains, s'écrie :

– Une farandole ! Qui fait la farandole avec moi ?

Louison est le premier à lui prendre la main et à tendre l'autre vers Jasmine, laquelle fait signe au reste de la bande de venir s'accrocher à eux... En un rien de temps, ils sont une dizaine en file à faire le tour de la terrasse, des salles du rez-de-chaussée, puis du hall, de la cuisine, Floriane, en chef de rang, ouvrant grand les portes devant eux... Comme il n'y a plus de musique, ils entonnent à tue-tête des airs connus : *Nous n'irons plus au bois*, ce qui paraît de circonstance, puis des bribes de chansons qui leur reviennent par hoquets : *It's a long way to Tipperary... Papa pique et Maman coud...*

116

Soudain Floriane, qui mène le mouvement, emprunte l'escalier et l'escadron chantant disparaît à la vue de ceux qui sont demeurés dans leurs fauteuils.

– Vous devriez y aller, Frédéric, lui enjoint Viviane.

– Aucune envie.

– J'aimerais savoir ce qui va se passer là-haut...

– Ils finiront bien par redescendre... Ne serait-ce que pour rentrer à Tillac...

– Pas sûr !

Floriane a entraîné son monde devant la chambre qu'elle est censée partager avec Roger Vincent et dont elle ouvre bruyamment la porte. Lampe de chevet allumée, le marié dort tout habillé, si profondément qu'il semble ne rien entendre et ne rouvre pas les yeux.

– Il est mort ? demande Louison, se croyant drôle.

– En tout cas, il a enterré sa vie de garçon..., répond Floriane. Puisque c'est comme ça, je vais enterrer ma vie de fille ! Avec vous !

Et de refermer la porte pour se lancer dans un mouvement tournant qui rapproche du premier le dernier maillon de la chaîne, avant que l'anneau ne se resserre en formant un colimaçon... Rires, excitation : les voici pressés les uns contre les autres, sans s'être lâché les mains.

– Embrassez qui vous voudrez ! murmure Floriane.

On ne peut qu'embrasser celui qui fait face... Peu

à peu, les mains se lâchent, des couples se forment selon affinités ou disponibilité.

Floriane se laisse enlacer par Louison dont elle finit par entourer le cou de ses deux bras.

– Si vous voulez vous reposer, lâche-t-elle soudain aux autres, il y a plein de chambres vides le long du couloir... À votre aise ! On fera le tri demain...

Le tri de quoi ? De ce qui était désir occasionnel ou début d'amour ? Après tout, se rencontrer au cours d'une farandole ou sur le net, ou dans la rue, ou au cours de gym, ou dans un jardin public, ou à la piscine, ou n'importe où ailleurs... Le tout, n'est-ce pas, c'est de se rencontrer !

– Eh bien, voilà, déclare Viviane dès lors que les chants ont cessé, ils sont tous allés se coucher.

– Mais ils n'habitent pas ici !

– Floriane a dû leur faire de la place... en bonne maîtresse de maison qu'elle est désormais !

– Ils vont tous coucher ensemble, tu crois ? s'enquiert François. Cela me rappelle certains épisodes de mon internat en médecine...

– Pas forcément : il y a plein de chambres, là-haut, et j'ai cru sentir des attractions mutuelles...

– Pourvu qu'ils n'aient pas fait d'erreur de donne : avec ces peignoirs unisexes, tout le monde ressemble à tout le monde...

– C'est souvent comme ça, les soirs de mariage : on se mélange pour fêter l'événement... Et où est le mal ? Ces gens-là ne sont pas mariés – sauf deux !

– Nous non plus, on n'est pas mariés, déclare Werner. En tout cas, pas moi...

118

– Alors montez, mon cher, lui lance Viviane.
Vous trouverez peut-être chaussure vide à votre
pied : je n'ai pas fait le compte pour savoir s'ils
sont en nombre pair.

– Je préfère rentrer, lâche Werner.

– Où cela ?

– Mais chez vous ! Je ne sais pourquoi, mais je
pressens que l'air doit y être plus léger...

– Nous aurons peut-être des surprises, une fois
là-bas... Allez, je ramène ceux qui commencent à
avoir froid, dont moi : j'ai demandé qu'on entre-
tienne un feu de bois dans la grande cheminée. On
va boire et se raconter des histoires : qu'en pensez-
vous ? Des histoires libertines, de préférence !

– Mais je n'en connais pas ! s'exclame Camille.
Rien de salace ne m'est jamais arrivé !

– Tu m'étonnes, réfléchis bien... Si tu ne l'as pas
vécu, tu l'as sûrement fantasmé... Ça fera l'affaire !
ironise Viviane.


Le petit groupe se lève et chacun dirige ses pas
vers une voiture ou une autre. Si Tillac n'est pas
loin, la nuit devenue profonde n'incite pas à la
marche. D'autant moins que certains, n'ayant pas
quitté whisky ni champagne, flottent quelque peu,
tels des rubans de soie dans la brise d'été...

Sans doute faut-il avoir bu, veillé, puis bu de nouveau dans une complicité grandissante, pour que les langues se délient... Moins les langues, d'ailleurs, que ce tiroir secret, plus ou moins verrouillé, dans lequel chacun tient renfermées certaines petites histoires, vécues ou entendues, qui ne lui paraissent pas devoir être habituellement exposées.

Crainte de paraître libidineux, honte de sembler vulgaire, d'être mal jugé, déchu de l'image que certaines et d'aucuns mettent tant de temps à édifier d'eux-mêmes et à imposer à la galerie... ? Dommage, car tout le monde est friand de ces contes qui sont en quelque sorte le sel de la vie, ou l'épice relevant l'ordinaire du sexe...

Le moment où l'on flirte avec l'interdit, le dangereux, voire le mauvais goût sans aller jusqu'à verser dans le proscrit ni pousser jusqu'au crime, non, juste assez loin pour étonner et distraire... En ce domaine, Rabelais, Casanova, Voltaire, Vivant Denon, Restif de La Bretonne passèrent maîtres... En reste-t-il de leur espèce, aujourd'hui ? Les humoristes contemporains affichent une grossièreté grandissante, toujours plus osée dans le gestuel, et, pour ce qui est du vocabulaire, ces rigolos croient avoir transgressé toutes les bornes de l'audace lorsqu'ils ont répétitivement lancé les mots « con », ou « cul », ou « putain », ou « salope » à la tête d'un public qui rit grassement sans s'être amusé...

Le défi lancé par Viviane n'était donc guère facile à relever, c'est pourquoi elle jugea nécessaire d'ouvrir le fer dès qu'elle eut les pieds posés sur les chenets :

– C'était un soir d'été, je revenais du Midi avec une amie après une toute dernière journée de soleil, de bain dans la Méditerranée et de petit vin de Bandol ; nous avons attrapé le wagon-lits à Saint-Raphaël – en fait, le Train Bleu. Même s'il n'est plus le train du plaisir qu'il a été depuis les années vingt pour se rendre luxueusement de Calais à Nice, je continue d'aimer cette appellation qui promet le meilleur... À peine y suis-je installée que je me crois partie pour quelque joyeuse équipée... Le bonheur est amplifié quand on s'y trouve avec un homme. Reste que, cette fois-là, j'étais en compagnie d'une femme, plus âgée que moi et mourant de sommeil... En un rien de temps, mon amie fut étendue sur la couchette du bas et, après s'être vaguement excusée de me fausser compagnie, s'endormit...

« Je n'avais pas le moindrement sommeil et m'en fus dans le couloir me planter face à la vitre. La nuit tombait, il était beau de contempler une dernière fois la mer que le train longe jusqu'à Marseille avant de s'enfoncer vers le nord et les grisailles parisiennes.

« En ce temps de ma trentaine, j'avais une chevelure tombant jusqu'à la taille, le corps svelte, et le soleil m'avait entièrement dorée. Je crois me souvenir que ma tenue me laissait les bras, le cou, les jambes à découvert. Mais je ne songeais guère à faire usage de ce que l'on appelait autrefois des « appas » – rien à l'horizon ! – quand une voix mâle souffle dans mon dos : "Désirez-vous quelque chose à boire... ?"

« Je me retourne et qui vois-je ? L'employé des wagons-lits dans sa livrée de service... Nous sommes face à face, en fait l'un contre l'autre dans l'étroit couloir, et je découvre un homme jeune, pas mal du tout de sa personne. Aujourd'hui, on dirait : "baisable" ou "bon à se faire"...

– Viviane ! s'exclame François. Où as-tu pris ce vocabulaire ?

– Auprès de vous, messieurs. Vous trouvez qu'il me va mal ?

– Au contraire, répond Werner, il y a des mots qui embellissent la bouche d'une femme, elle n'en devient que plus charnue, plus... Et alors ?

– Vous en voulez encore ? C'est simple : il propose de m'apporter du champagne. Pas de me le faire payer, de me l'offrir ! N'est-ce pas joli ?

– Trop joli pour être honnête, et ne va pas nous dire que cela s'arrête là : nous serions déçus...

– Frustrés, même ! renchérit Frédéric.

– La suite vous ôtera, j'espère, toute raison de l'être... Le train roulait toujours, il avait dépassé Marseille et le couloir restait désert, personne à part lui et moi... Mon amie devait dormir à poings fermés, j'avais vérifié, et au premier quart de champagne en succéda vite un second... Soudain, il y eut une secousse...

– Le train s'est mis de la partie ?

– Exactement, ce qui fait que je me retrouve la taille prise pour me soutenir, et la bouche contre une bouche qui n'est pas désagréable... Vous voyez : de ces lèvres qui descellent lentement les vôtres, puis une langue insistante lèche vos dents serrées, jusqu'à ce que...

– Ta bouche s'ouvre d'elle-même, soupire Camille. Je vois tout à fait !

– Et quand la bouche s'ouvre, chez une femme, le reste n'est pas loin d'en faire autant...

– Je te suis toujours, ajoute Camille, sa flûte de champagne à la main.

– Pas facile d'aller plus loin dans un train qui roule, debout dans un couloir forcément passant..., s'amuse François.

– C'est effectivement ce que nous estimions, cet homme et moi. Pourtant, avec une audace insensée dont je lui suis restée reconnaissante, il me propose sa couchette de service.

– Voilà qui est bien venu !

– Sauf, tenez-vous bien, que ledit couchage n'était pas dissimulé dans un compartiment, mais une sorte de lit de camp extirpé d'un placard qui se dépliait dans le couloir éclairé...

– Ah là là ! Tu t'es éclipsée, terrorisée... ?

– Je suis rentrée à toute allure dans mon compartiment pour me hisser sans faire de bruit au-dessus de mon amie. Mais pas tout de suite...

– Tu veux dire ?

– Que je n'y suis retournée qu'une fois l'affaire faite, pas avant !... L'homme tremblait, me murmurait dans le cou : « Je risque ma place. » Et moi aussi, je tremblais, mais de plaisir... Ma place, je n'en avais pas, je venais de divorcer, j'étais seule, libre, et je m'étais terriblement ennuyée dans le Midi. Il survenait à point, cet employé des wagons-lits, pour me consoler d'un aussi morne séjour...

– De l'importance, souligne Werner, d'être là où il faut au bon moment. Du moins en amour...

– Mais à la guerre aussi, demandez à Blücher ! complète François. Et tu l'as revu, ton vainqueur ?

– Jamais ! Enfin si, le lendemain matin, lorsqu'il nous a aidées, mon amie (qui avait bien dormi) et moi (la mine battue), à descendre nos valises pour les placer sur le chariot d'un porteur de la gare de Lyon... Pour ce qui est de moi, j'avais dans les bras l'énorme bouquet de mimosas que nous ramenions et qui avait embaumé le compartiment... Devant mon amie, l'homme se contenta de se montrer courtois, efficace, en service...

– Pas un mot ?

– Ni de trop, ni de pas assez... Juste un signe.

– Ah, il t'a quand même filé son adresse ?

– Pas du tout ! Mais, à l'instant où nous nous apprêtions à suivre le porteur, je n'ai pu m'empêcher de me retourner. Mon employé était sur le marchepied, il se tenait d'une main à la barre et m'a adressé... un énorme clin d'œil !

On peut imaginer que des applaudissements allaient saluer cette chute coquine ; pas du tout : ce fut le silence. Comme si chacun était rendu à ses pensées, ou plutôt à ses souvenirs. Werner reprit le premier la parole :

— Merci, Viviane, vous êtes une exquise conteuse...

— Vous ai-je choqués ? Vous savez, j'avais trente ans, j'étais libre depuis peu, et...

— Surtout, ne vous excusez pas, madame, cela gâcherait tout ! Je vais vous dire ce que je ressens devant vous : de l'humilité, car je suis bien incapable de vous raconter quelque chose d'à la fois aussi léger et, en définitive, terriblement courageux... Imaginez que soit passé dans le couloir quelqu'un que vous connaissiez... ou votre amie réveillée, s'étonnant de votre absence et partant à votre recherche ?

— Je le redoutais certes, ce qui achevait de m'exciter : le risque, rien de tel pour susciter le plaisir ! Or, où est le risque, de nos jours ?

— Eh bien je vais vous le dire, dit Frédéric : c'est la peur du sida ! En somme, de la mort...

— Mais vous avez la parade : le préservatif ?

Frédéric se lève, retourne ses poches :

— Voyez vous-même : je n'en ai pas ce soir, ce qui me condamne à l'abstinence...

— Ne soyez pas si négatif, jeune homme, riposte François. De nos jours, la plupart des femmes en ont dans leur sac, à côté de leur rouge à lèvres...

D'ailleurs, les fabricantes de produits de beauté devraient leur réserver une petite case dans les poudriers : cela ferait fureur !

– Alors, plus de risques ? s'interroge Camille qui a vidé sa flûte de champagne.

– Si, ma chère, dit François. Celui de tomber amoureux.

– Il faut être deux pour cela, non ? fait Camille. Or, la plupart du temps, on est seul... Je sais, j'ai aimé sans l'être en retour, et c'est atroce, dramatique... Y a-t-il des préservatifs contre l'amour ?

– Oui ! s'exclame Werner.

– Ah bon, et c'est quoi ?

– L'âge, mes amis !

– Je comprends parfaitement, soupire Viviane, soudain mélancolique. J'en suis là !

– Pas moi, tranche Frédéric. Il faut nous en dire plus long, Werner.

– Oui, une histoire ! lance Camille.

– La mienne, alors ?

– Nous sommes tout ouïe, car la nuit est encore noire...

– ... et mon verre vide, complète Camille en tendant sa coupe vers François.

— C'était la plus ravissante jeune fille que j'aie jamais vue..., commence Werner sur le ton de qui est bien décidé à prendre son temps pour mieux ménager ses effets.

— Les filles le sont toutes tant qu'on ne les a pas eues, non ? ironise François.

— Je salue bien bas un homme d'expérience : en effet, mon cher François, je ne l'avais pas eue ! Du moins « connue », car pour ce qui est du regard, le mien avait tout saisi d'elle, de ses seins, de son ventre, de l'intérieur de ses cuisses et même de sa nuque, ce point si émouvant chez une fille parce que ignoré d'elle...

— Diable, c'est l'étal du boucher que vous nous détaillez là ! lance Frédéric, désireux de s'aligner sur le cynisme détaché de ses aînés.

Werner de rire :

— Comme d'habitude, la jeunesse nous devance ! Oui, mon cher Frédéric, il s'agissait bien d'un étal : celui du podium d'un défilé de couture...

— Des mannequins à leur travail vous évoquent un marché aux esclaves ? feint de s'étonner

Viviane, un sourcil haut levé. Je croyais que vous n'assistiez à ces présentations que pour admirer mon art... En tout cas, c'est de lui que vous me félicitez après coup, pas de l'esthétique de mes porte-manteaux !

– Nous sommes tous des hypocrites, comme vous ne cessez de nous le reprocher ! rit Werner. Eh bien, ce porte-manteau là exhibait sous vos chers chiffons un long corps blanc d'adolescente... Tout chez elle semblait à peine pubère, sauf les yeux : sous de lourdes paupières bleutées, c'étaient deux charbons ardents étirés vers les tempes...

– C'est que j'ai le meilleur maquilleur de Paris, lâche Viviane que ce cantique des cantiques commence à agacer.

– Ma chère, je n'ai pas dit que la scène se passait chez vous ! C'était même tout à fait ailleurs, en Allemagne... La patrie de Marlene Dietrich, ne l'oubliez pas ! Donc, en vieux Professeur Rath que j'étais, me voici, une fois les lumières éteintes, courant après...

– Votre Ange bleu ?

– Exactement.

– Mais que faisiez-vous en ces lieux chargés d'*odor di femina* : vous draguiez ?

– J'étais là pour me documenter...

– Laissez-nous rire !

– Vous riez à tort : je prépare un livre sur les mythes d'aujourd'hui...

– Des *Mythologies* ? C'est déjà fait !

– À renouveler, comme le veut la si rapide évolution des mœurs, des filles, des femmes, de l'amour, du sexe... La jeune femme s'est rhabillée d'un jean et d'un pull à côtes qu'elle réussit le prodige de rendre sexy et je l'aborde en coulisse. J'arborais pour ma part un costume strict de professeur, une cravate noire, une décoration d'outre-Rhin qui vaut chez vous votre Légion d'honneur...

— Vous plaisantez !

— Quoi qu'il en soit, la fille daigne me soupeser de son regard de feu, et accepte mon invitation à dîner...

— Dans un palace ?

— Dans un boui-boui : elles adorent ! Si la salade cuite y est bonne, elles croient s'encanailler sous protection ! Une descente aux enfers qui est le rêve secret de toutes les femmes, n'est-ce pas, madame l'usagère des wagons-lits ?

— Dites donc, se fâche presque pour de bon Viviane : on ne se sert pas de confidences nocturnes contre ceux qui ont eu la générosité ou l'imprudence de vous les prodiguer ! C'est obscène, impudique...

— Pardonnez-moi... Toujours est-il que de dîners en soupers, d'apéritifs en séances de cinéma, Siegfrieda...

— Ciel, le Limousin !

— ... accepte de me rejoindre dans un petit bungalow que je loue en pleine Forêt-Noire afin d'y écrire, de réfléchir.

— Et là, dans la solitude des bois, entre les chevreuils et les petits lapins...

— Mais qu'avez-vous à m'interrompre sans arrêt

131

pour vous immiscer avec vos propres fantasmes ? Respectez les miens !

– Il a raison, dit Camille. Laissez-le raconter son histoire, votre tour viendra...

– Merci, gente dame. J'en étais donc à me prendre à moi tout seul pour les sept nains autour de Blanche-Neige... Ou pour le vilain Barbe-Bleue... Ou pour le Loup avec ses grandes dents... La chair était si fraîche et si blanche... Miam ! (Je vous vois saliver, François !...) Quand, surprise : c'est le débarquement !

– De qui ? s'exclame Camille qui n'en perd pas une bouchée.

– De mon neveu et de ses vingt ans...

– Vous avez des neveux, comme ce pauvre Roger Vincent ! ne peut se retenir de s'exclamer Viviane. Quelle imprudence !

– Bien vu, ma chère, et je lui avais tout aussi imprudemment accordé un double des clés du bungalow pour qu'il puisse y venir de temps à autre avec une amie... Cette fois, hélas, il était seul, suite à un chagrin d'amour qu'il comptait étouffer dans la solitude de la Forêt-Noire.

– Et il y est parvenu, je vois ça d'ici ! pouffe Frédéric.

– Ce que vous ne voyez pas, mes amis, parce que je n'ai pas assez d'art pour vous le décrire par le menu, comme il conviendrait, geste après geste, regard après regard, c'est la façon dont les jeunes s'y entendent à vous faire sentir à quel point vous êtes vieux... Pratiquement hors d'usage... Et de trop entre eux ! Et que le minimum du savoir-vivre, de votre part, est de vous tirer de là... De faire place nette... D'abandonner la partie...

— Mais il n'y a aucune raison de reculer ! claironne François. Vous avez de quoi vous défendre et même de triompher avec des atouts que les jeunots n'ont pas...

— Vous me direz lesquels ! Cela a commencé par des excursions à raquettes sur la neige, des escalades de rochers pentus, des bains nus dans la mare, suivis de douches bouillantes, toutes batifolades auxquelles je n'avais pas le cœur – je parle ici de l'organe ! – de participer...

— Vous pouviez frotter leurs dos humides dans de larges serviettes-éponges, puis, le soir venu, devant la cheminée, comme ici, prendre la parole pour leur conter des histoires passionnantes du passé...

— De quel passé : la guerre, les nazis ?

— Par exemple.

— Ils s'en foutaient comme d'une guigne. J'ai essayé, vous pensez bien, en leur offrant de l'eau de vie de cerises...

— C'est délicieux, le kirsch, presque aussi bon que le cognac, marmonne Hugues.

— Ne soyez pas ridicule ! le rabroue Frédéric.

— Ils tenaient le coup mieux que moi et me resservaient à boire, sans doute dans l'espoir que je m'effondre et que, mort de fatigue – pensez, mon grand âge... –, je monte me coucher...

— Ce que vous avez fait ?

— J'ai effectivement regagné ma chambre et j'ai pris...

– ... un fusil ! propose Frédéric.

– Voilà bien les *french lovers* : tout de suite expéditifs ! Non, j'ai pris mon sac de voyage et j'ai filé en douce par la porte de la cuisine jusqu'à ma voiture, pour rentrer à Munich.

– Ivre ?

– Totalement dégrisé et pleurant de rage.

– Pas drôle, votre histoire !

– Si. D'abord, les petits n'ont pu que s'aimer en catimini, gênés de me croire à l'étage... Puis, le neveu est rentré dans sa vieille Volkswagen – rien à voir avec ma Porsche – avec la top-modèle qu'en somme j'avais soulevée pour lui...

– La jeunesse est bien ingrate !

– Vous ne croyez pas si bien dire : voilà-t'y pas que, dès le lundi, la fillette le plaque pour un célèbre et vieil acteur américain venu au festival de Berlin présenter son dernier film... J'ai bénéficié d'un superbe avantage sur mon neveu : lui a été lâché, pas moi ! Moi, je suis parti le premier...

– Mon mari aussi est parti le premier, dit Camille avec mélancolie, et c'est vrai que je le prends mal... Mais il ne pouvait faire autrement le pauvre petit...

– Moi non plus, dit Werner, vu les circonstances, je ne pouvais faire autrement que lever le camp ! Reste que les jeunes femmes n'ont plus rien à espérer de moi... Même vous, belle Camille, je vous trouve un goût de...

– De ?

– De pas assez mûre pour être cueillie par moi : je ne tendrai pas mon rouge tablier...

134

– Ça y est, dit Viviane, le temps y contribuant j'ai enfin mes chances !

– Vous les avez eues dès le départ, ma sublime amie, confirme Werner en se levant pour lui baiser la main.

– Et de deux ! s'exclame François. Qui prend la suite ?

– Va d'abord nous chercher du champagne, ordonne Viviane. Nous avons besoin de bulles pour rester légers...

– Et frivolissimes !

Le champagne frais resservi, une euphorie rêveuse règne sur le groupe de la nuit, chacun songeant à son passé, à des bonheurs anciens, aussi à des mauvaises donnes qu'il regrettait de ne pouvoir rattraper...

C'est toujours le même refrain : « Ah, si j'avais su ! » auquel s'adjoint souvent ce corollaire : « Si j'avais écouté ce que mes aînés m'ont dit et redit... »

– Eh bien moi, dit soudain Viviane comme si elle avait décrypté la pensée générale, si j'ai un regret – en amour, s'entend –, c'est de ne pas y être allée plus chaudement, chaque fois qu'une occasion s'est présentée...

– C'est drôle, dit François, pour ce qui me concerne, c'est exactement le contraire : je me dis qu'au lieu de céder à toutes les tentations, j'aurais dû me réserver, me concentrer...

– Sur votre travail ?

– Cela je l'ai fait ; non, je parle de ma vie dite privée. De fait, elle l'a été, privée : privée d'amour. Par manque d'esprit de suite...

– ... dans les idées ?

– Dans les sentiments.

– Il est vrai qu'en amour, c'est comme pour tout : il faut savoir attendre..., opine Werner.

– Ce n'est pas ce que dit le poète, intervient Camille. « Cueillez dès aujourd'hui les roses de la vie... »

– Savez-vous que Pierre de Ronsard a été une grande partie de sa vie amoureux d'une jeune Hélène..., reprend François, féru de littérature comme nombre de médecins.

– Qui a fini par lui céder ? questionne Frédéric qui souhaite que les histoires d'amour se terminent *bien*, c'est-à-dire au lit.

– Nullement, mais qui lui a fait écrire les vers admirables que nous chérissons tous aujourd'hui !

– Bravo, mais l'abstinence n'est pas à recommander. Tout le monde n'est pas poète...

– Peut-être que si, au fond de lui-même..., suggère Camille.

– Dès qu'on est amoureux, les mots vous montent du cœur aux lèvres : voyez Cyrano de Bergerac... Et les délicatesses aussi...

– On peut être amoureux d'une fleur, d'une étoile. Moi je le suis souvent d'une étoffe, d'une couleur, d'un imprimé, dit Viviane.

– Et moi je le suis de vous, murmure Werner comme pour lui-même.

– Ah là là, s'exclame Frédéric, on voit qu'on arrive à cette heure glauque où les amants se rhabillent, les balayeurs s'attaquent aux trottoirs, les caboulots ferment et les ivrognes rentrent chez eux avec leur réverbère...

– « *Paris s'éveille...* », chantonne François.

– Mais moi, je n'ai pas sommeil, poursuit Frédéric, et j'ai envie de vous en raconter une bien grosse, bien juteuse et bien poivrée...

– Que vous avez vécue, jeune homme ? s'enquiert Werner.

– Non, que j'ai inventée.

– Vous inventez des histoires, Frédéric ? s'étonne Camille.

– Cela m'arrive ; parfois même je les transcris, Camille ; je crains toutefois de vous choquer alors que je voudrais seulement amener votre attention sur moi... Mais vous me paraissez si indifférente qu'il me faut peut-être frapper fort !

– Vous commencez par nous appâter, gronde Viviane, et rien ne vient ! Vite, cette histoire, avant que les loups de la nuit ne rentrent dormir dans leur tanière !

– Dans ce cas, c'est vous qui en prenez la responsabilité, madame Vanderelle !

– Absolument, et gare à vous si je la connais déjà...

– Cela m'étonnerait, mais, de votre part, je m'attends désormais à tout... Voilà : l'épisode se passe à notre époque, pendant ce qu'on a appelé la « guerre des polices ». Laquelle n'a pas cessé de se développer. Reste qu'aujourd'hui, on tire tout de suite, alors qu'à l'époque – celle des premiers *James Bond* –, les poursuites étaient plus raffinées... Donc, mon héros...

139

– Il s'appelle ?

– Abel, comme tous les doux. En dépit de son expérience d'agent secret, il tombe raide sous le charme d'une Mata Hari qui, l'espace d'une soirée, dans le bar d'un grand hôtel parisien...

– Le Crillon, je le reconnais !

– Taisez-vous, François ! Ce peut être le Ritz, l'hôtel des Al Fayed, cela conviendrait mieux au sujet...

– ... la beauté brune aux yeux verts lui fait oublier sa ou ses missions...

– On reconnaît bien là la différence des sexes, philosophe Werner : jamais une espionne ne perd la tête, fût-ce pour Paul Newman ou Alain Delon. Il n'y a que les mâles, avec leur érectibilité subite, pour changer d'objectif en cours de route...

– Vous ne croyez pas si bien dire : la fille aux yeux verts finit par inviter sa proie à terminer la nuit chez elle...

– C'est un piège !

– Absolument. Pas plus tôt dans un appartement du XVI$^e$, lequel, dès qu'on y a pénétré, a tout d'un bunker, notre Abel se retrouve face à trois costauds cagoulés qui le ceinturent, le ligotent, l'attachent sur une chaise et entreprennent de le cuisiner...

– À la gégène ?

– Plus subtil, et c'est là que je crois avoir inventé une machine à faire parler les hommes qui vaut bien la baignoire de nos aïeux...

– J'en frissonne d'avance, cher Frédéric ! s'amuse François.

– D'abord, Abel est nu... Ensuite, on le revêt

d'un attirail aussi compliqué qu'une fusée de la Nasa : une bombe est disposée juste devant lui, à bonne hauteur, de sorte que s'il bande...

Silence impressionné.

– S'il bande ? suffoque Viviane.

– La bombe explose, et lui avec !

– C'est un point de vue intéressant. Mais rien à craindre pour votre héros : dans la situation où il se trouve, et s'il en a bien conscience – je suppose qu'on l'a longuement averti –, il n'a aucune envie d'avoir une érection, bien qu'on dise que la peur produit parfois de drôles d'effets sur les organes sensibles... ?

– A priori, vous avez raison, François ; et de mon homme est en effet recroquevillé tout ce qui s'offre à la vue. Jusqu'à ce que...

– Je devine ! s'écrie Viviane. La Mata Hari entre en jeu ! Évidemment habillée en Vanderelle, ce qui est déjà des plus érotiques, puis elle entame un savant effeuillage...

– Comment le savez-vous, Viviane ? Auriez-vous fouillé dans mes papiers ?

– Cher Frédéric, il faut que vous appreniez, il est grand temps, que les « dames d'âge » savent lire à livre ouvert dans la cervelle des jeunes gens...

– Très bien, dit Frédéric, vexé et se croisant les bras sur la poitrine. S'il en est ainsi, terminez mon histoire à ma place, madame la voyante...

– Vous me le permettez ?

– Je vous en conjure...

– Alors, reprend Viviane qui s'est penchée en avant comme pour une confidence, la Mata Hari se lance dans un strip-tease qui unit le charme de celui de Rita Hayworth ou de son émule Fanny Ardant, dépouillant leur long gant pour le lancer à la tête de leurs admirateurs, à l'habileté des serpentines s'enroulant comme des couleuvres autour d'un malheureux poteau qui en raidit de plaisir...

— Ce genre de spectacle vient d'Allemagne : encore une de nos spécialités, se rengorge Werner.

— Que peut faire Abel devant une telle provocation ? Il sait que s'il bande, il saute, que c'est la fin... Fermer les yeux ? Ses bourreaux sont prévoyants, ils lui ont collé des allumettes pour tenir ses paupières ouvertes, et ce qu'il voit... Je crois qu'aucun d'entre vous, messieurs, n'y résisterait, d'autant moins que la fille l'excitait déjà...

— Il n'a qu'à parler !

— Et son honneur ? Sans compter qu'on veut lui extorquer un renseignement qu'il ne détient pas : stupide erreur des services...

— Alors ? Abel est mort ? On peut aller se coucher ?

— Il trouve un stratagème.

— Lequel ?

— La fille est brune et il se rappelle qu'il n'aime que les blondes ? suggère François.

— Presque : vous êtes sur la bonne voie...

— Vous commencez à m'intéresser, dit Frédéric. Je n'avais pas vu les choses comme ça, mais, après tout, cela se défend...

— Qui trouve la fin, devrait avoir le droit de monter avec vous, propose Werner.

– Pourquoi pas, si vous y tenez tant ? rit Viviane. Qui me veut, n'a qu'à se lancer...

– Je sais, moi, dit François : il pense à une autre femme...

– Qu'est-ce que ça change ?

– Ça change qu'elle est laide...

– Sûrement vieille, en plus !

– Vous commencez à nous fatiguer, avec vos histoires d'âge ! s'irrite Viviane.

– Elle est tout ça en pire : c'est son percepteur, oui, une personne des services fiscaux qui le poursuit, le harcèle, lui empoisonne la vie depuis des mois... Rien que de penser à elle le fait vomir, ce pauvre Abel !

Tout le monde de rire, car rien, en effet, n'est plus anti-érotique a priori qu'un contrôleur du fisc, qu'il soit ou non en action...

– Alors, il est sauvé ?

– Jusqu'à demain soir, Schéhérazade, car les Mata Hari ont plus d'un tour dans leur sac, et il y a bien des fins possibles à ce qui peut advenir de notre Abel, ma chère Viviane..., épilogue Frédéric.

Par les grandes baies, on peut voir que le ciel est devenu gris pâle, et qu'une lumière blafarde fait sortir de l'ombre les contours des arbres.

– Mon Dieu, quelle horreur ! C'est l'agonie de la nuit, elle est blême ; vite, au lit ! s'écrie Camille. Je ne veux pas voir ça...

– Merci Frédéric, dit Viviane. Vous nous avez permis de rire, ce qui n'était pas trop le cas jusqu'ici.

143

– Et vous m'avez fait comprendre, madame, que j'ai encore du chemin à parcourir avant de vous...

– De me... ?

– Disons : baiser, c'est un mot passe-partout que vous pouvez interpréter comme il vous plaira.

– Il me plairait d'aller me coucher ! Pas vous ?

– Puis-je dormir sur le divan, demande Frédéric. Je ne me sens pas la force de vous quitter...

– On vous garde, et à demain après-midi. Surtout, pas avant !

François ferme la marche de ceux qui se sont engagés, bien lentement, dans le bel escalier. Il chantonne : « La lune si blême / pose son diadème / sur tes cheveux roux... »

Et puis c'est la fin... Non pas du monde, bien que ces temps-ci on puisse s'en soucier, mais de l'été. Est-ce à cause du calendrier dont les feuillets, après le 15 août, semblent s'envoler de plus en plus vite ? Il y a dans l'air comme une moiteur lourde, moins ardente, et ces fichus jours qui raccourcissent !

Cela provoque un écœurement, une lassitude – trop de soleil, peut-être, ou de gavage de fruits mûrs – qui fait qu'on se met subtilement, sournoisement, à avoir envie d'autre chose.

Tenez-vous bien : de trottoirs ! Oui, de jolis trottoirs bien gris – au diable tout ce vert ! –, bien plans, où marcher sans buter ni s'enfoncer, bordés d'arbres au pied cerclé de fer, maintenus comme il convient dans leur rôle subalterne.

En somme, on recommence à désirer ce qu'on avait été si content de lâcher au début des vacances : la civilisation, l'ordre... Car la Nature, c'est bien beau, bien gentil, mais si c'était la réponse à tout, jamais l'humanité ne se serait démenée à construire des villes, édifier des monuments, agencer des lieux dessinés par la pensée et les combinaisons mathématiques.

Et chacun de ressentir à sa façon l'appel de la ville...

Viviane, pour son compte, songe avec une impatience grandissante à ses beaux modèles à venir, à ses ateliers où les ouvrières sont déjà revenues de congés, aux nouvelles formes qu'elle a esquissées sur ses cahiers et qu'elle brûle de contempler pour de vrai.

Afin d'exhiber aux yeux de tous une vision encore plus moderne, plus neuve... d'elle-même. Car c'est elle et non ses robes – pauvres chiffons ! – que Viviane propose à la galerie, saison après saison... En ce moment, après trois semaines de roue libre, elle se sent comme oubliée, pire : démodée !

Aussi cherche-t-elle le moyen de raccourcir cet interminable mois d'août qui a le mauvais goût de compter trente et un jours ! Penchée sur son agenda, elle convoque Camille dans sa chambre :

– Tu ne crois pas que c'est une erreur, de rentrer le 31 ?

– Tu souhaites rester plus longtemps ?

– Au contraire ! Je réfléchis qu'on aurait tort de prendre la route le dernier jour du mois, avec les bouchons, les embouteillages... Je crois qu'on ferait mieux de démarrer plus tôt.

– Pourquoi pas ? Il paraît qu'on va avoir le

contrecoup des grandes marées : sans cesse du mauvais temps, du vent à décorner les bœufs...

– Sans compter que j'adore Paris avant la vraie rentrée. Pas toi ? Il y a du lâcher-prise dans l'air, les gens sont encore détendus, aimables... Ce qui m'ennuie...

– C'est quoi ?

– D'annoncer à mes invités que je compte repartir... mettons le 25 ! Ils vont croire que je les pousse dehors. Je vais leur dire qu'ils peuvent, eux, rester autant qu'ils le veulent...

– Tu ne rencontreras pas beaucoup de résistance, je les entends faire des projets autour de la piscine... Jusqu'ici, c'était pour l'après-midi, pour le lendemain ; depuis peu, c'est pour la « rentrée » : chacun la sienne...

– Tu me rassures. J'annoncerai le départ au cours du dîner.

Viviane se lève, va vers la fenêtre de sa chambre qui donne sur le parc.

– J'ai envie d'une dernière fête ; ce décor est si beau en ce moment, au sommet de sa floraison... Une fête de jour, comme on faisait autrefois dans les châteaux – tu sais, ces jeux enfantins : cache-cache, colin-maillard, bal masqué... Tiens, une partie de cache-tampon : il y aura plein de cadeaux à découvrir dans le parc, je vais m'en charger...

– Viviane, tu m'épateras toujours. Tu ne cesses d'inventer !

La couturière se retourne vers Camille, les bras en croix :

– C'est que j'ai l'impression...

– Quoi ?

– C'est plutôt triste...

– Vas-y !

– ... que je ne suis pas finie en tant que personne, alors même que je me flétris un peu plus chaque jour. Tiens, je me sens comme un prématuré atteint de la maladie du vieillard... Je suis une enfant inachevée et pourtant j'ai un corps qui prend son âge, regarde – et d'entrouvrir son peignoir de soie –, je m'arrondis, je bedonne, je m'affaisse... Je ne me reconnais pas ; ce n'est plus moi que je vois dans la glace ou dans les yeux des autres... Et si je m'emploie à donner une nouvelle forme à tout ce qui m'entoure, c'est à défaut de pouvoir me refaire, moi, me rafistoler point par point, comme on rapetasse un vieux vêtement. Me reprendre sous les bras, remonter les pendouilleries un peu partout, me reblanchir les dents...

– De nos jours, la chirurgie esthétique et la dentisterie peuvent s'en charger pour toi, Viviane, si tu en souffres tant...

– Je ne veux pas, j'aime ce qui est tel quel, *genuine*, disent les Anglo-Saxons ; pas ce qui est remis à neuf, fabriqué !

– C'est insensé, ce que tu dis là : toute ta création est fabriquée, pas seulement tes modèles, mais tout ce qui t'entoure : tes maisons, tes jardins...

– Je sais, mais je ne suis que paradoxes – c'est pourquoi j'ai tant besoin d'amour pour arriver à m'accepter...

– Mais tu en as, de l'amour, tu déclenches les passions – la dernière en date est Werner, mais si tu prêtais la moindre attention à François ou à Frédéric, eux aussi seraient à tes genoux. Tout le monde t'aime !

– Sauf moi !

Vraie parole de femme.

Donné le soir même par Viviane, le signal de la rentrée emporte l'adhésion – comme l'avait prévu Camille –, sinon l'enthousiasme. Car voir se terminer une période de trêve, dans la vie de chacun, et en dépit de quelques déboires, ne peut qu'attrister les cœurs sensibles – et qui n'en a un ?

L'unanimité n'est toutefois pas totale : certains, qui ont le sentiment de ne pas avoir eu le temps d'aller au bout de leurs intentions ou de leurs espoirs, se rebiffent. Tel Frédéric, prévenu par téléphone par Camille de la toute proche levée de camp.

– Si je comprends bien, vous prenez vos jambes à votre cou, vous me fuyez ! Dois-je considérer cela comme offensant ou comme flatteur ? Me craignez-vous à ce point ?

– Frédéric, êtes-vous sûr que ce départ collectif vous vise ? Il est normal que les vacances s'arrêtent : les uns comme les autres nous n'habitons pas Tillac... Et vous, vous ne vivez pas encore à Lanzac, que je sache ! Vous devez sans doute rentrer, vous aussi.

– Mais nous avions des projets, vous et moi, et vous en faites peu de cas...

– Des projets ?

Au bout du fil, Camille semble si étonnée que Frédéric ne peut s'empêcher de rire.

– Pas de nous marier, enfin pas tout de suite, puisque vous m'avez refusé... mais nous devions visiter la crypte de Saint-Eutrope, et aussi ce moulin qui fabrique du papier comme autrefois, à partir de chiffons...

– Nous avons encore trois jours devant nous – en plus, nous reviendrons sûrement ici au même moment, peut-être à la Toussaint, si vous prenez quelques vacances à ce moment-là. Moi, j'aurai une tombe à visiter...

– C'est avec le passé que vous continuez d'avoir rendez-vous ! Et l'avenir, vous y pensez ?

Camille de rire :

– Avec vous, les rôles sont renversés !

– Comment ça ?

– Généralement, ce sont les vieux qui disent aux jeunes : « Et ton avenir, tu y penses ?... »

– Bonne idée, je vais te tutoyer ! Tu permets, Camille ?

– Si tu veux, Frédéric...

Ils cheminent côte à côte le long de la Charente, quai de Verdun, après avoir rangé leur voiture sur le parking de la place Blair. Ils se rendent à la foire de Saintes – laquelle a lieu tous les premiers lundis du mois, l'une des plus grandes de France – pour y quérir, si possible, des objets-surprises en vue du cache-tampon de Viviane.

152

Une fois le plan révélé par la maîtresse de maison, l'idée d'une distribution de cadeaux d'adieu à chercher à travers le parc a soulevé l'enthousiasme. « C'est comme à Pâques, quand on dissimule des œufs dans les parterres et les buissons pour les enfants... »

Et plusieurs d'entre eux, chacun de leur côté, décident de contribuer à l'approvisionnement en surprises...

Après avoir prévenu – sinon consolé – Frédéric du départ général, Camille l'invite à la fête et lui demande conseil pour ses achats. « Rien de plus simple : je viens vous chercher et je vous emmène à la foire de Saintes qui, par chance, a lieu aujourd'hui... On y trouve de tout : des vêtements, des appareils ménagers, des instruments pour le bricolage, le jardinage, des produits régionaux, des disques, des tableaux, des draps, des nappes, des plantes et même des animaux... bref, de l'insolite !

– Je suis partante pour l'insolite !

– Enfin aventureuse !... À dix heures, je suis à Tillac ! »

Une demi-heure plus tard, les reproches réitérés, les excuses acceptées, les voici arpentant le cours National, l'avenue Gambetta, les quais, parmi une succession d'éventaires où s'étalent en effet tout le baroque, l'utile et l'inutile de notre société de consommation et de jeu...

Une gaie musique d'accompagnement est diffusée par les vendeurs de disques et de cassettes dans un déploiement bigarré de tissus, de linge de table, de toiles cirées, de bottes, de sabots, de chaussures – dont les fameuses charentaises, les vraies, à semelles de feutre !

C'est le premier achat de Camille :

– Celui qui tombera dessus va les adorer ! Je prends une taille moyenne et une grande taille que je glisserai dans le même paquet. Pour que les pieds en question y trouvent forcément leur bonheur...

C'est assez drôle d'acheter des présents à l'intention de personne en particulier. D'habitude, il y a un destinataire, et on tente d'ajuster le tir en fonction de ce qu'on sait de lui et de ses goûts. Là, c'est au petit bonheur la chance...

– Vous ne croyez pas au hasard, Frédéric ?

– Si, et après ?

– Il se trouve que le hasard, ce dieu taquin, fait souvent bien les choses... Vous verrez, je suis sûre que chacun va tomber sur ce qui lui parle le mieux.

– Ce qui veut dire ?

– C'est comme lorsqu'on découvre une sentence dans un bonbon, ou qu'on lit son horoscope dans un quotidien : forcément, cela vous correspond !

– Pourquoi, à votre avis ?

– La formulation est si générale que vous pouvez y projeter ce qui vous préoccupe, voire quelque chose de votre désir inconscient.

– Mon désir, je le connais ! dit Frédéric en la prenant par le coude.

– Donc, il n'est pas inconscient ! rétorque

Camille en se dégageant. Attendez la fête pour voir surgir ce que vous ignorez de vous et qui jaillira de derrière les hortensias ou du creux d'un arbre !

– Vous ne me sortirez pas de l'idée, Camille, que j'ai besoin de vous pour grandir, m'initier à moi-même... Tout ce que vous me dites sur la vie et les choses me le confirme. Vous ne voulez pas jouer ce rôle pour moi, juste un petit moment ? Après, je vous rendrai votre liberté...

Frédéric s'est arrêté en plein milieu de l'allée centrale, il s'est planté devant Camille, laquelle a les mains encombrées de sacs contenant tout un fourniment d'objets hétéroclites. Il est beau, avec ce regard bleu, brillant, mais, pour elle, Camille le sent, les expériences sexuelles, c'est fini. Trop tard ! Elle connaît ses réactions d'après avoir fait l'amour sans amour, une furieuse envie de se lever et de se rhabiller pour s'éclipser au plus vite, sans même fumer une cigarette ni prendre un rendez-vous ultérieur... Non !

– Frédéric, vous me dites déjà que vous me rendriez ma liberté : donc, vous prévoyez la fin avant que quoi que ce soit ait commencé... Ce n'est pas de l'amour, ça !

– C'est pour ne pas vous effrayer, mais je suis prêt à vous prendre à bras-le-corps pour le reste de ma vie...

– Vous ne disposez pas, Frédéric, du reste de votre vie. Un conseil : jetez-vous sans trop réfléchir dans une aventure avec une femme de votre âge qui vous donnera des enfants et du fil à retordre... C'est ainsi que vous achèverez de grandir !

– Vous ne me désirez pas, je ne suis pas votre genre ?

– Bien sûr que si, mon bel ami, je puis tout à fait vous désirer – et alors ? Je ne me laisse pas aller à satisfaire sur-le-champ toutes mes pulsions... Ah si, celle-là !

Et Camille de s'emparer d'un énorme ours en peluche d'un bleu violet, avec des yeux jaunes qu'une pile électrique rend phosphorescents.

– Si c'est lui, votre idéal physique, dit Frédéric en éclatant de rire, je crains en effet de n'avoir aucune chance de rivaliser...

Soudain, surgi de nulle part, un couple leur barre le passage.

– Mais que faites-vous là ?

C'est François Maureuil et Lætitia. Pourquoi Camille se sent-elle agacée, brusquement ? Et pourquoi s'écarte-t-elle de Frédéric comme si, par ce geste, ce sont ses vis-à-vis, qu'elle juge soudain mal assortis, qu'elle voulait séparer ?

– La même chose que vous, je présume.

– Sûrement, puisque nous cherchons notre bonheur, dit Frédéric qui, pour contrecarrer le pas de côté de Camille, se rapproche d'elle et du bras lui ceinture la taille.

– Et vous paraissez l'avoir trouvé, jette François d'un ton plus sec qu'il ne l'aurait voulu.

– Qu'est-ce que c'est que ça ? s'enquiert Lætitia en désignant l'ours géant.

– De quoi faire parler les petites filles, répond Frédéric.

Lætitia bat des mains :

– Qu'est-ce qu'on va s'amuser !

Camille jette un regard en biais sur François. Il y a, chez cet homme qui a vécu et qui va son chemin, quelque chose qui transcende la chair. « C'est comme un fruit en train de mûrir, se dit-elle : la chair est peut-être molle – quoique ce ne soit pas vraiment le cas de François, il n'a encore que quelques rides qui rendent ses traits plus précis –, mais on sent ce courant prometteur : l'esprit, chez lui, se prépare à l'emporter sur la matière. Rien de plus beau qu'un vieil homme dont le corps fatigué exulte d'une joie intérieure... »

Jean-Philippe n'était pas vraiment un vieil homme lorsqu'elle l'avait rencontré, mais c'était ce qui l'avait charmée en lui : cette apparition, avec l'âge, de la vraie personne, l'âme en train de triompher de la prison du corps... Ces deux entités seraient-elles donc en guerre chez tout l'être ?

– À quoi penses-tu, Camille ? lui demande François qui a perçu son regard posé sur lui.

– Je me demandais quelle liquette je choisirais pour toi parmi toutes celles-ci !

Et de désigner du bras des dizaines de chemises de toutes matières, toutes couleurs, pliées, suspendues, offertes.

– Tu as envie de m'habiller ? C'est une idée qui me plaît bien... Vas-y !

Et les voici tous deux discutant de bleu, de rose, de mauve, de blanc, de carreaux, de manches, de taille, de cols – avec un vendeur conscient que l'affaire est en marche – comme s'ils étaient en couple. Ce que le marchand s'empresse de mettre en avant :

– Madame a envie de fantaisie pour finir l'été ; monsieur devrait se laisser faire... Les femmes sont plus audacieuses que nous, et, en ces derniers jours de beau temps, on peut tout se permettre...

« C'est à quoi vient de m'inviter Frédéric, songe Camille. Or, avec lui, j'avais l'impression d'une erreur de donne, alors qu'avec François je me sens servie et même bien servie, comme disent les joueurs de cartes... »

De leur côté, Lætitia et Frédéric inspectent ensemble tout un étalage d'objets bizarres, comiques, certains innommables, chez un marchand qui s'est voué aux jeux, masques, matériels de fête, pétards, confettis, mirlitons, guirlandes en papier découpé, chapeaux pointus, drôleries de toutes sortes !

Les rires de Lætitia fusent. « Ceux d'une fille chatouillée... », se dit Camille.

Soudain elle n'est plus jalouse. Comme si elle avait trouvé sa place et que personne ne puisse plus l'en déloger.

C'est par une brume presque automnale que commence la journée du cache-tampon. Réveillée tôt, comme à son habitude, Viviane descend sur la terrasse du manoir. Elle s'est calfeutrée, car il fait encore frais, dans un peignoir de laine blonde, un foulard de soie noire sur la tête – le rituel chapeau n'apparaissant que plus tard dans la matinée. Elle tient à jeter un coup d'œil sur son parc et à donner ses dernières instructions à Théodore et aux jardiniers qui réparent et redressent les massifs quelque peu mis en désordre par ceux qui ont voulu y camoufler en douce leurs diverses trouvailles.

Par chance il n'y a pas de chien, cette année-là – Viviane n'a que des chats –, car certains objets auraient été vite débusqués par les braves bêtes et dûment ramenés dans la cour ou les salons.

La compétition – car c'en est une – doit commencer à midi juste, tout le monde en rang au bas du perron. C'est Théodore qui doit donner le signal du départ, Viviane tenant à participer au même titre que les autres... Elle s'est engagée à éviter les cachettes connues d'elle pour ne chercher que là où d'autres pourront avoir « pondu leurs œufs », comme elle dit.

Il y a du rallye dans ce jeu, car à certains endroits des petits billets rédigés comme des énigmes – pour la plupart l'œuvre de Hugues dont les mots croisés sont l'un des talents – doivent indiquer des directions à suivre ou à éviter... Vérité ou tromperie ? L'ambiguïté règne.

Une ambiguïté qui, ces deux derniers jours, a aussi dominé les rapports entre tous. Des couples qui s'étaient formés pendant le mois se sont dissous, en tout cas relâchés. On dirait qu'Éros, le petit dieu de l'Amour, fatigué par cet été si chaud, s'est endormi, la tête sous l'une de ses ailes emplumées. La raison invoquée pour ce relâchement amoureux étant que chacun est occupé à chercher des cadeaux pour la fête ou à faire ses valises en vue du départ du lendemain. Voire à terminer ses cartes postales, envoyées comme toujours à la dernière minute.

Toutefois, le petit déjeuner autour de la piscine, vers les dix heures, dix heures et demie, réunit bon nombre des hôtes, plus tôt levés que d'habitude.

Le sujet de la conversation roule tout naturellement sur les « parties » – de ce genre ou d'un autre – auxquelles chacun a pu se trouver mêlé par le passé. Viviane évoque un carnaval de Venise où les costumes étaient – sont toujours – si beaux, si riches, si sophistiqués qu'elle en éprouva des vertiges et dut se réfugier au café Florian pour se remonter d'un cocktail.

– On ne peut imaginer la somptuosité de ces pièces montées qui prennent toute une année à se

160

concevoir et s'exécuter... Certains costumes ont plusieurs mètres de circonférence autour de la tête comme aux pieds. Vers le centre de l'appareillage, il peut y avoir une tête énorme, comme celle du Minotaure, ou, au contraire, minuscule, masquée de noir ou de blanc, et on dirait quelque somptueux insecte hérissé d'antennes, inapprochable... C'est ce qui m'a le plus frappée dans cet apparat : aucun de ces masques ne peut être touché.

– Tu veux dire : embrassé ?

– Exactement ! Pour ce qui est de la taille, par exemple, il faudrait un bras de trois mètres de long pour arriver à l'enlacer... Quant à la bouche, elle est plus défendue par ces kilomètres de gaze et de mousseline que par des barbelés... À vrai dire, j'ai eu peur : décadence et mort par isolement, voilà ce que j'ai ressenti !

– Bonne définition de Venise, la ville flottante qui s'enfonce et se noie..., lance François, lequel, pour une fois, n'est pas en jogging, mais en pantalon de lin perle sous un T-shirt gris foncé.

« L'harmonie est élégante, assortie aux quelques fils argentés de ses cheveux, songe Camille. Je ne lui connaissais pas ce souci vestimentaire ; il s'en fichait, autrefois... »

– Moi dit Jasmine, il n'y a pas si longtemps, je me suis déguisée en gitane avec une jupe à volants, un haut de satin noir et un châle en mailles d'or. L'important, c'était le masque, il me prenait tout le visage, et, de fait, personne ne m'a reconnue jusqu'au matin, quand l'heure est venue de se découvrir... Ce qui m'a plu, durant cette nuit, c'est que je n'ai jamais eu autant de succès... Auprès de je ne sais qui : d'hommes comme de femmes, je présume...

— Tu te moques de nous, dit Edwards, tu ne vas pas nous faire croire que tu es plus séduisante masquée qu'au naturel...

— Il faut penser que si, et ç'a été une bonne leçon pour mon ego !

— Normal, dit François. Un zeste de mystère sied aux femmes, surtout de nos jours où elles sont si vite à poil !

— Moi, dit Werner, j'ai assisté à des mascarades en Allemagne, c'est traditionnel à Mardi-Gras, et plutôt brutal : sur la fin, la plupart se transforment en tonneaux de bière. Est-ce qu'on va boire, tout à l'heure ?

— Du champagne exclusivement, répond Viviane. Mais rien pendant la fouille !

— La fouille ? C'est un mot de douanier, ça ! s'exclame Hugues. À propos, est-ce qu'on peut fouiller ses partenaires ?

— S'ils se laissent faire, pourquoi pas...

— Tu ne crains pas la bagarre ? lance François. Quand j'étais petit, au moment des œufs de Pâques déposés dans le jardin par les parents, entre mes frères, ma sœur et moi c'était le pugilat !

— Vous étiez petits...

— Nous ne sommes pas grands !

— Toute course-poursuite comporte des risques ; regarde ce qui se passe dans les compétitions sportives : on en laisse plus d'un sur le carreau...

162

– Ne dis pas ça, Viviane, j'ai horreur de la violence, et tu le sais ! s'écrie Camille.

– Je serai votre garde du corps, dit Frédéric qui vient d'arriver. Viviane, pardonnez-nous, mais j'ai incité ma tante Mathilde à se joindre à nous, et la voici.

Mathilde de Lanzac suit son neveu, portant à son bras un panier quelque peu lourd recouvert d'un torchon blanc :

– Suis-je indiscrète ?

– Sûrement pas, ma chère, dit Viviane en se levant pour l'accueillir. Plus on est de fous... mais qu'apportez-vous là ? Venez, qu'on vous en débarrasse !

– Si vous permettez, je garde mon panier, ce sont des objets pour le cache-tampon et je tiens à les mettre moi-même en place afin de ne pas tomber dessus quand je serai dans la course : ce serait trop bête ! Et puis, je vais vous dire, Viviane : le meilleur moment d'une fête, ce sont toujours les préparatifs...

– C'est vrai, j'adore lorsqu'on décore l'arbre de Noël et qu'on enveloppe les cadeaux, fait Lætitia. Une fois les emballages ouverts, je suis toujours un peu déçue...

– Comme un soir de nuit de noces ? suggère Louison. Il faut demander à Roger Vincent !

– Tu crois qu'il était en mesure d'avoir des surprises ?

– Cette nuit-là, il a dû en avoir au moins une : quand il s'est réveillé et qu'il a trouvé son lit vide au matin !

Tout le monde de rire.

— Chut, dit Viviane, les voici !

Effectivement, Floriane et Roger Vincent apparaissent par le chemin qui relie une propriété à l'autre. Floriane marche en avant d'un bon pas ; Roger suit derrière, le sourire pâle.

— Ouille, ouille..., murmure Edwards.

— Tenez-vous, dit Viviane, tout le monde a droit à ses mauvais jours. Quand on est jeune, on peut encore se dire que le pire est à venir : il est devant soi. Il faut le traverser pour qu'il commence à se trouver derrière, comme c'est le cas pour moi...

— Dieu vous entende, ma chère, car je suis de votre camp ! dit Werner en prenant la main de la créatrice de mode pour en baiser la paume.

— Vivent les mariés ! s'écrie Lætitia, décidée à être taquine. Venez vite prendre des forces avant l'assaut...

— C'est pour quelle heure ? s'enquiert Roger Vincent ; on ne s'en souvient plus...

— Midi juste, dit Viviane. D'ailleurs, les cloches de l'église sonneront l'angélus, ce qui nous donnera le *top* du départ ; on les entend bien, d'ici, par vent d'est, le vent du beau temps.

— J'adore les fêtes, s'exclame Floriane en battant des mains ; il n'y en a jamais assez, j'en voudrais une par jour !

— Pour certaines personnes, il en est ainsi, dit François ; chaque heure est une fête, et cela s'appelle l'amour.

À midi tapant, la vingtaine de personnes alignées pour le départ devant le manoir de Tillac s'égaille au pas accéléré dans des directions différentes.

Comme si chacun – n'en est-il pas ainsi dans la vie, bien qu'on accuse le monde d'être moutonnier ? – croyait plus malin, mieux avisé, plus prometteur de réussite d'aller voir là où les autres ne se rendent pas.

Un psychologue aurait ainsi été à même de décrypter le caractère de l'un ou l'autre en observant – si faire se pouvait – sa trajectoire.

Viviane, par exemple, se dirige droit devant elle, là où s'étale à quelques mètres un magnifique parterre de rosiers très épineux. Depuis qu'elle est toute petite, c'est sa démarche la plus coutumière : aller sans détours vers ce qu'elle désire, sans se soucier des obstacles. Cette fois encore, cette tactique se révèle la bonne : elle n'a pas plus tôt les mains dans un superbe rosier blanc, haut sur tige, qu'elle y déniche un minuscule paquet noué d'une faveur rose. « J'ai trouvé ! » s'exclame-t-elle, ce qui freine plusieurs personnes encore alentour... Déjà ? Et si près de la maison ? Il doit y avoir une tricherie quelque part... Mais non, rien qu'un élan – ce qu'en d'autres circonstances on appellerait la chance.

Viviane n'ouvre pas le paquet, car il a été convenu que chacun, muni d'un panier ou d'un sac en papier, y enfournerait sa récolte et que l'ouverture des présents se ferait après la course.

Excités par ce premier succès, les autres se ruent dans les directions qu'ils ont choisies. Camille vers l'étang, là où d'épais roseaux abritent des nichées de poules d'eau, quelques grenouilles, et où volettent des libellules bleues. En tirant sur une ficelle à peine apparente, elle fait remonter un objet long protégé par une poche imperméable.

C'est en escaladant la première fourche d'un sapin que Frédéric, tel un gamin en quête de nids, tombe sur un berceau de branchages contenant plusieurs paquets en forme d'œufs qu'il enfouit dans ses poches.

D'autres vont visiter le tronc creux des châtaigniers, soulèvent des pierres, sondent rigoles et fossés...

– On dirait une escouade de gendarmes en train de rechercher les indices d'un crime..., commente François à l'intention de Werner, lequel n'a pas encore élu son lieu d'exploration.

– Et qui dit qu'ils ne vont pas tomber sur un cadavre !

– Werner, votre imagination vous perdra ! s'exclame François.

– Savez-vous jusqu'où elle va, mon cher ? À me faire voir ce parc, soudain, comme un corps de femme... Certains lui déplient les doigts, lui ouvrent la bouche, soufflent dans ses oreilles, ses narines, lui chatouillent les reins, quand d'autres...

– D'autres ?

– Vont droit au ventre... Suivez-moi !

D'un pas décidé et sans s'arrêter en chemin, Werner entraîne François vers les serres. L'été les a dégarnies, la plupart des plantes étant de sortie et se prélassant en plein air.

– Vous ne remarquez rien ?

– Je vois des pots vides et quelques arbustes étiquetés. Vous pensez que dans ces pots...

– Peut-être, mais ce sont les étiquettes qui me semblent les plus prometteuses. Approchons !

Effectivement, ces étiquettes sont en fait de petites enveloppes contenant chacune un message sous forme de rébus que Werner déchiffre sans difficulté.

– Je lis qu'une surprise attend sous le chapeau de paille de l'épouvantail... C'est si flagrant que quelqu'un va l'avoir trouvée avant nous ! Il y a aussi quelque chose dans la caisse à outils du jardinier, et autre chose... ah, ah, se trouverait parmi le couvert du petit déjeuner resté en place... Allons voir !


Effectivement, sur le perron où une table est dressée, en plein dans la corbeille à fruits un paquet rond couleur d'orange semble narguer les découvreurs... Et dans l'un des coquetiers, un drôle d'œuf :

— Ma foi, il est carré ! s'amuse François. Mais il faut y regarder de près pour s'en apercevoir...

— C'est toujours la lettre volée d'Edgar Poe ! La meilleure manière de cacher un objet est de le mettre en évidence parmi d'autres du même type, ou presque...

— Croyez-moi si vous voulez, dit François, mais j'agis de même avec mes malades... Quand un patient vient se plaindre de ci ou de ça, je cherche ailleurs... Ou plutôt, lorsqu'il me dit : « Docteur, j'ai mal au ventre, pouvez-vous me prescrire un scanner abdominal ? », j'ai déjà diagnostiqué, pendant qu'il entrait dans mon cabinet en claudiquant légèrement, que c'est du dos qu'il souffre, et non de l'estomac ou de la jambe... Mais il ne le sait pas, ou ne veut pas le savoir !

— Un misérable tas de secrets, c'est bien ce que nous sommes ! Vous savez ce que je trouve le plus poignant chez nous autres humains ? C'est que nous ne savons qui nous aimons que lorsque nous l'avons perdu. Par distraction, ou du fait de l'irréparable...

— À qui le dites-vous ! murmure songeusement François tandis que Camille revient vers eux.

— Alors, les paresseux, finie, pour vous, la course au trésor ?

— C'est que notre récolte est faite, voyez vousmême, dit Werner en mettant son sac sous le nez de la jeune femme. Nous avons fait panier commun,

François et moi, et nous nous considérons comme satisfaits...

– Pas moi ! Je n'ai encore pêché que ça, dit-elle en leur montrant le gros objet enveloppé de caoutchouc. Je crains que ce ne soit une bouteille, or je ne bois pas ! Vous êtes des sacrés veinards...

– Dites plutôt des malins...

– Auriez-vous guetté ceux qui dissimulent les objets ?

– Je n'ai pas dit « tricheurs », belle dame, j'ai dit rusés, raisonneurs, déducteurs – l'épithète qui vous convient pour désigner les férus de calcul mental...

– La spéculation reste une supériorité masculine, c'est évident, dit Camille en se laissant tomber sur un siège.

– Relève-toi et viens, dit François ; je vais chercher avec toi. Werner gardera notre butin...

– Si j'étais vous, j'irais... Mais non, débrouillez-vous tout seuls : les jeunes ont horreur des conseils de leurs aînés !

C'est la main dans la main que Camille et François disparaissent derrière les bosquets en lisière de la forêt. La jeune Lætitia, à quatre pattes dans les rhododendrons, lève l'œil à leur passage, hausse les épaules – autant que faire se peut dans cette position –, puis continue son avancée rampante et jusque-là infructueuse à travers les arbustes.

Des petits cris de joie, de ci, de là, ponctuent les allées et venues couronnées de succès.

Viviane remonte vers le perron où s'est installé Werner. Elle tient à deux mains son chapeau dans lequel s'entassent deux ou trois paquets bien ficelés. Elle est tête nue, ses cheveux, pour une fois, sont apparents. Surprise : ils sont totalement blancs. « C'est donc la raison pour laquelle elle les dissimulait ! se dit Werner. Mais pourquoi ne les teint-elle pas, si elle n'aime pas le blanc ? »

Viviane perçoit son étonnement :

— Je suis allergique à la teinture capillaire, mon cher, dit-elle en se laissant tomber sur un fauteuil, tout autant qu'au vieillissement... Mais là, soudain, je ne sais pourquoi, je m'en contrefiche ! Que m'arrive-t-il, à votre avis ?

— Il vous arrive que vous vous apercevez enfin que telle qu'en vous-même, vous êtes sublime, magnifique... ! De plus, vous venez de découvrir que, nonobstant votre âge et le reste, vous êtes aimée... Déjà par moi, et je préfère me précipiter avant que les autres, heureusement occupés à des broutilles, ne mettent la main sur un tel trésor !

Il se lève, pose un genou à terre devant elle :

— Voulez-vous m'épouser, Viviane Vanderelle ? J'adorerais devenir de plus en plus vieux auprès de vous...

Au lieu de répondre, Viviane fouille vainement dans ses poches, n'y trouve rien et se saisit d'une des serviettes empilées sur la table pour s'essuyer les yeux.

Le corps, source de tout, se mue parfois en fontaine !

Qui ne connaît cet affolement allant jusqu'à la frénésie qui nous saisit quand on pense avoir perdu quelque objet – et qu'on vaque toutes affaires cessantes à sa recherche ? Peu importe ce qui est égaré ; du seul fait qu'il a disparu, il acquiert à nos yeux une valeur inestimable, vitale : comment continuer si on ne le retrouve pas ?

Ce peut être un bijou, des clés, un bibelot, un document, un gant, un foulard – j'en ai fait, moi qui vous parle du foin et du chemin, pour un foulard qu'une fois découvert dans la lande rétaise où il avait glissé je n'ai jamais renoué à mon cou ! L'été, sur le parcours de Megève, à l'époque mal entretenu, c'étaient des balles de golf usées que nous cherchions opiniâtrement...

Ce qui anime alors l'être humain, d'après les « psy », c'est l'espoir de retrouver une part de soi, au-delà même de l'objet égaré – la part manquante. Quelle est-elle ? À chacun d'en décider : l'unité avec soi-même, avec la mère dont il fallut s'expulser, avec le placenta, ce frère jumeau parti pour un destin de poubelle (du moins dans nos sociétés). Ou alors l'amour : celui qu'on a eu, celui qui nous a quittés, qui va peut-être réapparaître grâce à une rencontre, un autre être...

Oui, j'en suis de plus en plus convaincue : quand on cherche avec autant d'acharnement, d'espoir et de désespoir mêlés, un objet perdu, c'est après l'amour qu'on en a !

Et nos personnages, absorbés par leur quête bien au-delà de l'heure indiquée par Viviane pour l'arrêt de leurs grandes manœuvres, ne ressentent ni fatigue ni lassitude, mais une sorte de fièvre, tant ils sont avides de « tomber » sur l'amour. Qui les fuit ou les a quittés.

Viviane ne pouvait s'imaginer, en lançant ce jeu, qu'elle provoquerait une telle ruée chez les autres comme pour ce qui la concerne. Or voilà qu'elle est la première – elle l'est en tout, c'est son destin – à l'avoir rencontré ! Car, à sa propre surprise, elle vient de dire « oui » à Werner. Comment est-il possible qu'elle se renie si vite et si facilement – elle, la déterminée ? D'un geste, comme elle a ôté son chapeau, là-bas, près des roses... Ne s'était-elle pas juré de ne plus jamais aimer ni céder à l'amour qu'on pourrait lui proposer ? Or elle y consent à nouveau, elle y saute même à pieds joints, tout auréolée par le bonheur comme par l'argent de ses cheveux.

Et les autres ?

Plusieurs d'entre eux se retrouvent également en proie à de tels glissements successifs... Lorsque

Lætitia, qui s'est à son tour avancée – curiosité ? – du côté de la forêt, aperçoit François et Camille dans les bras l'un de l'autre, la jeune fille murmure quelque chose du genre : « De toute façon, il était trop vieux pour moi, même pas capable de courir... » Et de se tourner vers Frédéric qui a surgi derrière elle et auquel le spectacle de l'enlacement des deux autres n'a pas échappé. Gémir n'étant guère dans leur style, les jeunes gens se contentent de rire, rendus complices d'être trahis par les mêmes :

– Où est ta tante ? demande Lætitia pour changer de sujet.

– Je n'en sais rien ; tu m'aides à la chercher... ?

Et les voici randonnant à petites foulées dans le parc jusqu'à ce qu'ils découvrent Mathilde de Lanzac assise sur une souche, en grande conversation avec Hugues, lequel quête des explications sur la fabrication, ou plutôt la dégustation du cognac. La divine boisson peut-elle se mélanger – s'adultérer –, et avec quoi ?

– Tout se mélange, mon cher, je dirais même que les meilleures réussites sont celles qui relèvent du cocktail : cela va du kir à la dame blanche, ou à l'absinthe arrosée d'une giclée de vodka. Le cognac, lui, s'allie délicieusement avec le soda et avec... Mais voilà les enfants !

L'expression « les enfants » soude davantage encore le jeune couple que leur dépit commun.

Quant à Hugues, le fait d'avoir entendu cette femme d'âge apparier les deux jeunes êtres apaise sa rage latente : après tout, courir après Edwards, n'est-ce pas courir après l'illusion ? Edwards ne peut que lui échapper, désormais, et rien n'est plus vain et fatigant que de vouloir retenir de force quelqu'un qui meurt d'envie d'être ailleurs – de surcroît, pour ce qui les concerne, avec une personne de l'autre sexe !

Il va verser du soda dans son cognac dont il vient de s'approprier les deux bouteilles que Mathilde avait à peine dissimulées derrière la souche sur laquelle elle s'est juchée en vestale.

La cloche du manoir vient de sonner pour la seconde fois.

– Si on rentrait ? propose Mathilde. Vous n'avez pas un peu faim, vous autres ?

Bien des surprises les attendent. Déjà un excellent buffet froid servi dans le salon. Puis Roger et Floriane surviennent main dans la main alors que tout le monde est autour de la somptueuse table :

– Nous avons quelque chose à vous annoncer...

– Ciel, un enfant ! murmure Viviane à Werner. Elle était vraiment enceinte ! Le pauvre petit !

– Nous allons divorcer, dit Roger Vincent, de bonne entente et je dirais presque avec bonheur... Au point qu'on referait bien une fête pour vous y convier à nouveau !

– Tu vas pouvoir en faire une, et bientôt, dit Viviane, vers qui tous les regards se tournent en silence depuis qu'elle exhibe paisiblement sa couronne de cheveux blancs. Il va y avoir un autre mariage à célébrer...

– Mon Dieu, lequel ? s'ébahit Camille.

– Le mien, ou plutôt le nôtre : j'épouse Werner

Schrenz ! dit-elle en prenant la main de son futur, posée sur la table.

François se penche vers Camille :

– Les salauds, ils nous ont devancés !

– C'est toujours comme ça avec Viviane ; dès que tu crois avoir une idée, tu t'aperçois qu'elle vient juste de l'avoir avant toi ! Elle se débrouille, quoi qu'il arrive, pour être la première...

– Et maintenant, dit Viviane, le grand moment est venu : ouvrons nos cadeaux !

– Cadeaux ou dons du Ciel ?

– Les deux, bien sûr...

– Comme il en est de chaque minute de notre existence ! conclut Werner qui ne se retient jamais de philosopher et qui rayonne de la joie du sage enfin comblé.

C'est l'heure de vérité et, comme au soir de Noël devant l'arbre agrémenté d'une multitude de paquets hétéroclites, chacun brûle de savoir ce que recèlent les emballages. Ils sont si divers de forme, de matière et de couleur !

Dilemme : lesquels ouvrir en premier ?

Une fois de plus, c'est Viviane qui tranche :

— On va procéder par rang d'âge, décrète-t-elle. Les plus jeunes, toujours si pressés d'arriver au bout de tout alors qu'ils ont une immensité de temps devant eux, vont commencer le déballage. Et nous, les rassasiés, devenus patients tels de vieux chevaux au pré...

— Viviane, ne nous déprécie pas, s'il te plaît ! la coupe François. Ce n'est pas justifié ! Surtout de ta part : n'es-tu pas sur le point de redémarrer... en changeant de pâture, si j'ai bien compris !

— Bon, je reprends et vais faire plus court et plus courtois : nous, les moins jeunes, nous nous y mettrons en dernier ! Ça te va comme ça, prof ?

Dans un froissement de papier, de ficelles arrachées ou coupées grâce aux paires de ciseaux que

Théodore a judicieusement disposées sur la table, c'est la benjamine, Coralie la *black*, dix-huit ans à peine, qui, avant les autres, extirpe de ses paquets quelques objets en tout genre : une brosse à dents – pas n'importe laquelle : électrique ! –, un agenda pour l'année à venir relié en veau velours, un collier de grosses boules de buis sculptées, et – ce qui fait s'exclamer les hommes : « Mais c'est pas un cadeau pour fille, ça ! » – un couteau Laguiole.

– Et comment que si ! J'ai perdu le mien, et, chez moi, en Afrique, on ne vit pas sans son couteau ! dit Coralie en plantant, à la stupéfaction générale, la lame nue dans son épais chignon frisé !

Le reste à l'avenant : « *Choses belles et choses rares ici savamment assemblées*, a proclamé Paul Valéry, *incitent l'œil à regarder comme jamais encore vues toutes choses qui sont au monde...* »

Pour le poète, il s'agissait d'un musée ; ici, ont fait merveille l'imagination de Viviane – non sans qu'elle ait égrené dans le parc quelques accessoires signés Vanderelle –, son goût de la fantaisie allié à celle de ses hôtes, lesquels ont écumé les brocantes tout autant que les grandes surfaces. Voilà que dans l'effeuillement des emballages surgit aux yeux de tous, enchantés, amusés, parfois déçus, le copieux bazar de notre temps ! Peluches aux dimensions surprenantes, un dinosaure minuscule, une fourmi géante, des boîtes de crayons multicolores, un drap de bain orné d'un énorme Mickey – « Chic, c'est mon doudou préféré ! » s'exclame Lætitia qui s'en drape aussitôt –, une paire de baskets rose pâle, un club de putting top niveau, des sent-bon pour la

voiture, des savons aux algues, une boîte de choco-
lats à prendre trois kilos dès qu'on l'ouvre, un
string mauve si minuscule que Mathilde, en protes-
tant, le file aussitôt à la plus anorexique des top-
modèles, le dernier ouvrage d'une romancière à
succès, un canevas de tapisserie avec tout le maté-
riel pour le broder – « Zut, dit Hugues, me voici
promu femme au foyer !... » –, un raton laveur en
fausse fourrure signé Prévert, un appareil photo
numérique – une merveille tombée entre les mains
de François qui se met aussitôt à mitrailler l'entourage –, un cactus en pot – « l'ami des mauvais
jours », se prénomme-t-il – qui échoit à Frédéric,
lequel cherche à le refiler à Camille qui s'en
défend, et aussi quelques « bons pour » :

Bon pour un séjour d'une semaine à deux, service compris, en tête à tête à Tillac – c'est Camille
qui l'a trouvé. Elle sourit à François, lequel, en
guise de réponse, entoure du bras ses épaules...

Un bon pour une brouette qui attend à la jardi-
nerie.

Un autre pour un VTT. Ça, c'est « génial », et
tout le monde considère l'heureux gagnant avec une
pointe d'envie.

Aussi un bon pour un chiot labrador – ou un
bichon, au choix... Sera-t-il honoré ?

Plus appréciées, deux caisses de brut à prendre
chez le meilleur caviste de Saintes, et Werner de
s'écrier : « Je n'en boirai pas une goutte sans vous
tous au grand complet... »

Et encore plein d'autres babioles, sujets de stu-
peur, d'admiration ou d'hilarité...

Puis c'est fini, tout le monde a eu son lot, comme dans la vie où, en fin de course, on peut commencer à dresser l'inventaire de ce qu'on a reçu – ou pas.

Illusion, là aussi, car du château ou de la chaumière quel est le lieu le plus favorable au bonheur ? Même les intéressés n'en savent rien... Il n'y a que les poètes, parfois, pour nous souffler d'avance le fin mot de l'histoire : « *Quand vous serez bien vieille, le soir à la chandelle...* »

Effectivement, quand nous n'aurons plus que nos yeux pour pleurer – déjà beau si nous y voyons encore ! – c'est alors qu'en nous remémorant notre passé, si mémoire le veut, nous nous apercevrons à quel point nous avons aimé, été aimés, quelles qu'aient été les apparences à ce moment-là de notre vie, ou quoi que nous en ayons cru ou pensé sur l'instant.

En somme, c'est quand la fête est finie, le rideau tombé, qu'on comprend qu'on a été heureux toute sa vie – même au fin fond de la souffrance.

– Et si on commençait sans plus attendre à le savoir, qu'on est heureux, si heureux d'être en vie et de l'être ensemble ? chuchote François à Camille qui s'est assise sur la même chaise que lui, aux côtés de Viviane et de Werner lesquels se tiennent amoureusement la main.

Ce serait tellement mieux.

« La rentrée, quel drôle de mot ! De quoi est-on sorti ? Dans quoi rentre-t-on ? » grommelle Hugues en ceinturant d'une lanière son élégante valise de cuir souple.

À part aller vers l'automne, chacun en effet, ressent le retour à la « vie courante » – curieuse expression, là aussi ! – d'une façon bien différente.

Pour les plus jeunes, il ne fait aucun doute que ce qui les attend, c'est une sorte de rentrée scolaire : toute une série d'obligations et d'ennuis auxquels ils ont échappé pendant trois semaines, ne fût-ce qu'en n'y pensant pas ! La jeunesse se complaît dans l'oisiveté, comme l'a chanté le poète, et tout ce qui la contraint la dérange, elle n'en attend rien de bon, du moins sur l'instant.

Il n'en va pas de même pour les plus âgés. Le souci qui les ronge, sans qu'ils le sachent, c'est le passage de plus en plus rapide du temps, et ils ont envie, besoin d'agir comme pour ne pas perdre une minute de leur reste... La grande ville leur en fournit les moyens et, valises posées, se jeter sur le courrier en attente est le premier geste de chacun.

Que recèlent de nouveau, d'excitant ces petits bouts de papier ? Des demandes, des invitations, des nouvelles des uns et des autres... Les neurones rafraîchis par le repos se mettent à fonctionner à une vitesse telle qu'on en est tout ragaillardi. Même les factures donnent le sentiment de sa propre importance, de son insertion dans un groupe, une société, le monde entier...

Et puis il y a les « changés » : ceux dont la vie a pris un nouveau tour et qui reviennent chez eux sur la pointe des pieds, presque inquiets. Et si ce n'était qu'un rêve ?

Ainsi Viviane, à peine réinstallée dans le cadre où elle vit depuis plus de trente ans : il lui semble que tout en elle la pousse à recommencer « comme avant », en oubliant ce qui vient d'avoir lieu... Mais on sonne à la porte et un livreur lui met dans les bras une cinquantaine de roses rouge sombre avec un petit mot. « À tout de suite et à jamais – W. »

Non, elle n'est plus seule, il va falloir qu'elle s'y fasse. Qu'elle accepte ce qu'elle redoutait ces derniers temps : l'intrusion d'un homme – cet étranger ! – dans sa vie.

Alors elle pose le bouquet à ses pieds sur la moquette, se déchausse et va s'asseoir, bras sur les accoudoirs, dans son plus gros fauteuil, telle une reine qui s'apprête à se laisser adorer. Et si aimer c'était cela : apprendre à se laisser aimer ?

Pour ce qui est de Camille et de François, de retour à Paris dans sa voiture à lui, ils ne prennent conscience du changement qui les attend – les menace – qu'au péage de Saint-Arnoult. Jusque-là, ils se sentaient en balade routière, s'arrêtant aux aires de repos, aux stations-service, s'amusant de tout, faisant fonctionner les machines à boissons chaudes ou froides, achetant des gadgets, des barres chocolatées, ramenés au même niveau que les routiers ou les enfants... La conversation se maintenant exprès, pour éviter le sérieux, sur les événements de la fameuse partie de cache-tampon :

– La tête de Mathilde quand elle a déballé un string mauve...

– Et celle de Hugues face à ton ours géant !

– Crois-tu vraiment que Roger et Floriane vont divorcer ?

– Ce n'est pas un drame : ils ne s'aiment pas. Je trouve au contraire que c'est raisonnable... Tu sais, j'en vois beaucoup dans mon service...

– Des gens qui divorcent ? Tu n'es pourtant pas avocat ?

– Laisse-moi continuer : des hommes d'un certain âge – un peu plus vieux que moi – qui viennent me trouver pour cause de stress...

– Ils travaillent trop ?

– Pas seulement. Ils ont épousé en seconde ou troisième noces une femme tellement plus jeune qu'eux que tout le monde la prend pour leur propre fille ; l'un d'eux m'a même confié que, dans un hôtel, on avait cru qu'il était son grand-père...

– Tu m'étonnes : j'étais convaincue qu'épouser une poulette rajeunissait le vieux coq !

– Dans un premier temps... Mais, dès qu'il s'agit

183

de vivre jour après jour, nuit après nuit, auprès de cette dévoreuse, en enchaînant night-clubs, restaurants, voyages au bout du monde, quelque chose finit par craquer...

— François, toutes les filles jeunes ne sont pas des enragées !

— Parce qu'elles n'ont pas assez d'argent, mais à notre époque de consommation effrénée, une fille qui se retrouve avec un mari qui peut être son banquier – sinon, pourquoi l'épouser ? coucher suffit ! –, je peux te dire que rien ne l'arrête...

— Il n'a qu'à lui faire des enfants !

— Certes, ils le font, mais c'est parfois pire : sorti du bureau, le vieux mari est utilisé comme baby-sitter...

— Je ne t'aurais pas cru si conventionnel !

— Tu préférerais que je sois avec Lætitia ?

— Ah, je comprends : c'est pour te consoler de ta rupture avec la jeunesse que tu inventes ce discours gnangnan !

Ils sont arrivés au péage.

— Tu sais, poursuit Camille, je peux encore descendre ici... Tiens, passe-moi ton portable : je parie mon soutien-gorge en dentelle que tu as le numéro de Lætitia dans ton répertoire... Je te l'appelle et je fais du stop jusqu'à Paris !

— Camille, ce que j'essaie de te faire comprendre par ces propos sans doute absurdes, c'est la même chose que ce que je te dis depuis trois jours en essayant de ne pas trop me répéter ! Tu le sais bien, coquine !

— Et c'est quoi ?

— Que je t'aime... Et que je n'ai rien à faire d'une autre que toi.

— Alors tu as le reste de ta vie devant toi.

— Pour quoi faire ? demande François, soudain inquiet.

Il avait repris de la vitesse après le péage et il ralentit.

— Pour me le prouver, dit Camille en s'enfonçant voluptueusement dans le siège garni de cuir. Et méfie-toi : au moindre accroc, j'en prends un plus jeune !... Et pas qu'un peu ! C'est la mode, chez les femmes, désormais, le jeunot à dégrossir, et tu sais comme j'aime la mode !

— Tu me tueras !

— Non, je vais vivre avec toi, et toi avec moi, mon amour.

*Du même auteur :*

*Un été sans histoire,* roman, Mercure de France, 1973 ;
   Folio, 958.
*Je m'amuse et je t'aime,* roman, Gallimard, 1976.
*Grands Cris dans la nuit du couple,* roman, Gallimard,
   1976 ; Folio, 1359.
*La Jalousie,* essai, Fayard, 1977 ; rééd., 1994.
*Une femme en exil,* récit, Grasset, 1979.
*Un homme infidèle,* roman, Grasset, 1980 ; Le Livre de
   Poche, 5773.
*Divine Passion,* poésie, Grasset, 1981.
*Envoyez la petite musique...,* essai, Grasset, 1984 ; Le
   Livre de Poche, « Biblio/essais », 4079.
*Un flingue sous les roses,* théâtre, Gallimard, 1985.
*La Maison de Jade,* roman, Grasset, 1986 ; Le Livre de
   Poche, 6441.
*Adieu l'amour,* roman, Fayard, 1987 ; Le Livre de Poche,
   6523.
*Une saison de feuilles,* roman, Fayard, 1988 ; Le Livre de
   Poche, 6792.
*Douleur d'août,* Grasset, 1988 ; Le Livre de Poche, 6792.
*Quelques pas sur la terre,* théâtre, Gallimard, 1989.
*La Chair de la robe,* essai, Fayard, 1989 ; Le Livre de
   Poche, 6901.
*Si aimée, si seule,* roman, Fayard, 1990 ; Le Livre de
   Poche, 6999.
*Le Retour du bonheur,* essai, Fayard, 1990 ; Le Livre de
   Poche, 4353.

*L'Ami chien,* récit, Acropole, 1990 ; Le Livre de Poche, 14913.

*On attend les enfants,* roman, Fayard, 1991 ; Le Livre de Poche, 9746.

*Mère et filles,* roman, Fayard, 1992 ; Le Livre de Poche, 9760.

*La Femme abandonnée,* roman, Fayard, 1992 ; Le Livre de Poche, 13767.

*Suzanne et la province,* roman, Fayard, 1993 ; Le Livre de Poche, 13624.

*Oser écrire,* essai, Fayard, 1993.

*L'Inondation,* récit, Fixot, 1994 ; Le Livre de Poche, 14061.

*Ce que m'a appris Françoise Dolto,* Fayard, 1994 ; Le Livre de Poche, 14381.

*L'Inventaire,* roman, Fayard, 1994 ; Le Livre de Poche, 14008.

*Une femme heureuse,* roman, Fayard, 1995 ; Le Livre de Poche, 14021.

*Une soudaine solitude,* essai, Fayard, 1995 ; Le Livre de Poche, 14151.

*Le Foulard bleu,* roman, Fayard, 1996 ; Le Livre de Poche, 14260.

*Paroles d'amoureuse,* poésie, Fayard, 1996.

*Reviens, Simone,* suspense, Stock, 1996 ; Le Livre de Poche, 14464.

*La Femme en moi,* essai, Fayard, 1996 ; Le Livre de Poche, 14507.

*Les Amoureux,* roman, Fayard, 1997 ; Le Livre de Poche, 14588.

*Les amis sont de passage,* essai, Fayard, 1997 ; Le Livre de Poche, 14751.

*Un bouquet de violettes,* suspense, Stock, 1997 ; Le Livre de Poche, 14563.

*La Maîtresse de mon mari,* roman, Fayard, 1997 ; Le Livre de Poche, 14733.

*Un été sans toi,* récit, Fayard, 1997 ; Le Livre de Poche, 14670.

*Ils l'ont tuée,* récit, Stock, 1997 ; Le Livre de Poche, 14488.

*Meurtre en thalasso,* suspense, Stock, 1998 ; Le Livre de Poche, 14966.

*Défense d'aimer,* Fayard, 1998 ; Le Livre de Poche, 14814.

*Les Plus Belles Lettres d'amour,* Albin Michel, 1998.

*Théâtre I, En scène pour l'entracte,* Fayard, 1998.

*Théâtre II, Combien de femmes pour faire un homme ?,* Fayard, 1998.

*Le Mieux Aimée,* roman, Fayard, 1998 ; Le Livre de Poche, 14961.

*Cet homme est marié,* roman, Fayard, 1998 ; Le Livre de Poche, 14870.

*Si je vous dis le mot passion...,* entretiens, Fayard, 1999.

*Trous de mémoire,* essai, Fayard, 1999 ; Le Livre de Poche, 15176.

*L'Indivision,* roman, Fayard, 1999 ; Le Livre de Poche, 15039.

*L'Embellisseur,* roman, Fayard, 1999 ; Le Livre de Poche, 14984.

*J'ai toujours raison,* nouvelles, Fayard, 2000 ; Le Livre de Poche, 15306.

*Jeu de femme,* roman, Fayard, 2000 ; Le Livre de Poche, 15331.

*Divine passion,* poésie, Fayard, 2000.

*Dans la tempête,* roman, Fayard, 2000 ; Le Livre de Poche, 15231.

*Nos jours heureux,* roman, Fayard, 2000 ; Le Livre de Poche, 15368.

*La Maison,* récit, Fayard, 2001.

*La Femme sans,* roman, Fayard, 2001 ; Le Livre de Poche, 15486.

*Les Chiffons du rêve,* nouvelles, Fayard, 2001 ; Le Livre de Poche, 15553.

*Deux femmes en vue,* roman, Fayard, 2001 ; Le Livre de Poche, 15421.

*L'amour n'a pas de saison,* Fayard, 2002 ; Le Livre de Poche, 30120.

*Nos enfants si gâtés,* roman, Fayard, 2002 ; Le Livre de Poche, 30221.

*Callas l'extrême,* biographie, Michel Lafon, 2002 ; Le Livre de Poche, 30155.

*Conversations impudiques,* essai, Fayard, 2002 ; Le Livre de Poche, 30028.

*Dans mon jardin,* récit, Fayard, 2003.

www.madeleine-chapsal.com

Composition réalisée par NORD COMPO

*Imprimé en France sur Presse Offset par*

**BRODARD & TAUPIN**

GROUPE CPI

La Flèche (Sarthe).
N° d'imprimeur : 28898 – Dépôt légal Éditeur : 56409-04/2005
Édition 01
LIBRAIRIE GÉNÉRALE FRANÇAISE – 31, rue de Fleurus – 75278 Paris cedex 06.
ISBN : 2 - 253 - 11268 - 2